U0934015

图书在版编目（CIP）数据

面纱/（英）威廉·萨默塞特·毛姆著；马焕译.
--北京：煤炭工业出版社，2019（2023.4 重印）
ISBN 978-7-5020-6859-2

Ⅰ.①面… Ⅱ.①威… ②马… Ⅲ.①长篇小说—英国—现代 Ⅳ.①I561.45

中国版本图书馆 CIP 数据核字(2018)第 202336 号

面纱

著　　者　（英）威廉·萨默塞特·毛姆
译　　者　马　焕
责任编辑　高红勤
封面设计　宋双成

出版发行　煤炭工业出版社（北京市朝阳区芍药居 35 号　100029）
电　　话　010-84657898（总编室）　010-84657880（读者服务部）
网　　址　www.cciph.com.cn
印　　刷　三河市天润建兴印务有限公司
经　　销　全国新华书店

开　　本　880mm×1230mm 1/32　**印张**　8 1/4　**字数**　153 千字
版　　次　2019 年 10 月第 1 版　2023 年 4 月第 2 次印刷
社内编号　9739　**定价**　45.00 元

目 录

CONTENTS

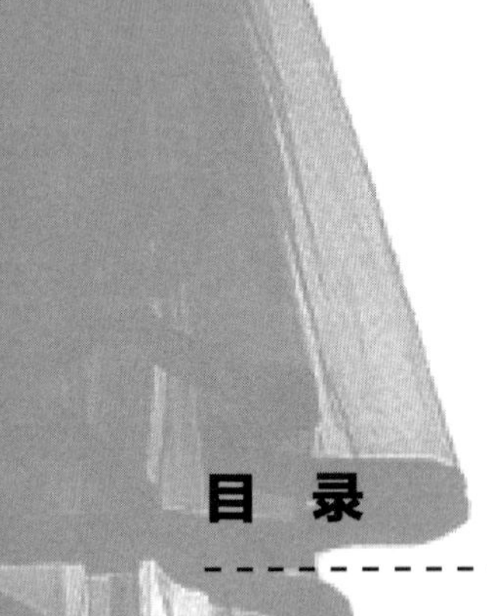

目 录

CONTENTS

前 言

这部小说的灵感来源于但丁的如下诗句：

Deb, quando tu sarai tornato al mondo,

E riposato della lunga via,

Seguito il terzo spirito al secondo,

Ricoiditi di me, che son la Pia:

Siena mi f è ; disfecemi Maremma:

Salsi colui, che, innanellata pria

Disposando m’ avea con la sua gemma.

“啊，届时你重返人间，

在旅途劳顿后休息一下。”

第三个精灵接着第二个精灵说，

“记住我，我就是皮娅，

锡耶纳创造了我，马雷马却毁了我，

那个用宝石戒指与我订婚的人应该清楚此事。”

我以前曾经在圣托马斯医院当见习生，趁一个复活节，我申请了六星期的假期。我用这个假期出门旅行了一趟，虽然身上只有二十英镑。我先去了热那亚和比萨，然后去了佛罗伦萨。我住在佛罗伦萨的威亚劳拉的一个寡妇和她的女儿经营的公寓，大教堂的高大拱顶透过窗户就能看到。我和她们商定了价格，包含食宿每天四个里拉。我估计从我这单生意上寡妇挣不到太多，因为我食量惊人，且从不挑食，每次她为我准备的通心面，我都吃得干干净净。她在托斯卡纳山上有一处葡萄园，那里酿造出来的基安蒂酒非常好喝，至少对我而言，在意大利没有喝过比它更好的了。寡妇的女儿每天义务教我一些意大利语，她已经是一位大姑娘了，大概不超过二十六岁的样子。这位姑娘很不幸，和她订婚的未婚夫牺牲在了阿比西尼亚，她因此决定终身不再嫁人了。我想，一旦厄丝莉亚（姑娘的名字）母亲去世（这位老太太身材微胖、头发灰白，总是一副善良快活的样子，我想仁慈的上帝应该不会在时间未到时提前召唤她的），她多半会成为修女。她似乎对此事毫不介意，经常开怀大笑，每次吃饭时还喜欢和我互相打趣。她对我的“教学”很严肃认真，每次我犯了错误或者学习马虎的时候，她便用尺子敲打我，但不会用力。我有时觉得她有点像学校里那些因循守旧不知变通的老师，并经常无奈地笑笑，对于她这种把我当作小学生的行为，也没有办法。

我每天的工作量都很大。每天早上我要翻译易卜生的剧本，目的是帮助我领悟大师的创作技巧，尤其是掌握如何让人物巧妙地对话的窍门。翻译了几页剧本后，我便要带着罗斯金的书到外面四下逛逛，游览这里的名胜古迹。在书里，罗斯金大加赞赏了乔托设计的塔与吉贝尔蒂的铜门，于是我也同样跟着表示了赞赏，人云亦云而已。我也曾充满敬意地到乌菲兹博物馆欣赏了波提切利的作品，并且对于大师所贬斥的艺术家同样表示不屑，也许是年少轻狂罢了。中午回家吃完午饭后，我先学习一会儿意大利语，之后便又出门寻找名胜古迹了，空闲了则在亚诺河边一边散步一边思索。晚饭后，便一头扎进这座古老城市的夜色里，期待能有艳遇。但我显然想得太天真了，或许是我太害羞了，反正每次回来时都贞洁无瑕。我有一把大门的钥匙，每次我回来把大门锁好后，女房东便松了一口气，因为她总担心我忘记锁门。回屋后我就读一些有关教皇派和保皇党斗争的书籍。我当时苦涩地想，那些浪漫主义的作家们应该不会像我这么落魄吧，我料定他们没有人能用二十英镑在意大利存活六个星期。总之，这段艰苦的时光给我留下了一些愉快的记忆。

我自己已经阅读过《地狱》一节（我没有通过译文，而是通过认真地查字典来辅助阅读），厄丝莉亚带着我阅读《炼狱》。在讲述前面我引用的段落时，她给我讲，皮娅是锡耶纳的一位贵族的妻子，丈夫怀疑她有情人，但不敢得罪她的家族，所以不敢杀她，于是把她困在了马雷马的一个城堡里，想让她被里面的毒蒸汽毒死。但她却很长时间都没死，她丈夫等不及了，将她从窗户扔了下去。我也不明白厄丝莉亚如何得知了这个故事的细节，因为但丁的诗里没有这种细节。但正是这个故事让我产生了灵感，好几年里我对其念念不忘，有时连着几天都在琢磨这个故事。“锡耶纳创造了我，马雷马却毁了我”，这句诗一直深深地印在了我的脑海中，但当时我同时也在构思别的几部小说，也就暂时搁置了这个故事。我计划将其写成一个现代版本的故事，却苦于找不到一个适合的背景。这件事的转机发生在我到中国旅行之后。

我写小说一般是以人物形象为起点进行创作，而这部小说我则以情节为起点，这可算是我唯一的一次。写小说的人都知道，人物和情节是很难截然分开的。人物不可能是悬空的，一旦产生，必然有相应的环境，做着相应的事。人物形象丰满起来的同时，即使情节没有完全成型，但人物的相应的做事原则也就固定了。而在这本小说的创作过程中，我则是在组织故事的同时，寻找着相应的人物形象。我将自己在许多地方接触过的真实人物作为这本书里的人物。

这部小说后来给我带来了一些麻烦，而这种麻烦是一个作家经常会遇到的。一开始我计划将男女主角定为雷恩的姓氏，我想这不过是一个常见的姓氏，但没想到香港正好就有姓雷恩的英国人。我被他们告到了法庭，刊载这部小说的杂志赔了 250 英镑才算了事。后来我把雷恩改成了费恩。没想到香港助理布政司告知我要起诉我，认为我侵犯了他的名誉。我感到非常不可思议，要知道在英格兰，即使是首相、坎特伯雷的大主教抑或是上议院大法官这样的大人物，作家们也可以随意地将他们写进小说或者剧本，他们也从来没有站出来表示不满。而一个无足轻重的政府官员竟然会认为自己受到了冒犯。总归是多一事不如少一事，我干脆把香港改为了“清延”（本版本中已经恢复为“香港”）。而这时该书已经上市，不得已将售出的书又重新收回。不过有些调皮的评论家找了各种理由留住了这个版本。没有回收的约有六十多本吧，这部分书倒具有了一定的杂志学上的价值，现在被许多收藏家追逐。

W.S. 毛姆

Chapter 01

她突然失声叫了一声。

“发生了什么事？”他问道。

此时的房间，百叶窗紧闭，光线非常暗，但她脸上的恐惧神色依然能看见。

“刚才好像有人动了一下门。”

“呃，估计是女佣，或者是哪个童仆。”

“不应该，他们都知道我午饭后有午休的习惯，从来不会来打搅我。”

“那还会是谁？”

“是瓦尔特。”她小声说，嘴唇有些颤抖。

她悄无声息地指了一下他的鞋子。他立即领会了她的意思，悄悄地去穿鞋，不过神经还是有点紧张，动作显得有点笨拙，可恶的鞋带偏偏又是系着的，鞋子一时穿不上。她叹了口气，显得有些不耐烦，走上去直接把鞋子套在了他的脚上。然后一声不吭地穿上袍子，光着脚移步到梳妆台。她拿起梳子梳她那不怎么顺溜的头发。头发都梳好了，他才把另一只鞋子穿好。她将大衣递给了他。

“我现在不好出去吧？”

“等一会儿吧，我先出去看看。”

“应该不会是瓦尔特。他五点前会一直待在实验室里。”

“不是他会是谁呢？”

此时他们只能尽量压低了嗓门说话。可能是因为害怕，她的身体开始有些颤抖。他能感觉到，要是再有什么事情发生，她就会疯掉了。他又有些怪她，既然这件事不那么保险，之前她为什么还说得那么有把握呢？她大气也不敢喘，只是拉住他的胳膊不放。他抬头顺着她的眼光望去。面前是通往走廊的两扇门，都紧闭着。突然，门上的白陶旋钮轻轻地转动了好几下。这可吓坏了他们，走廊里听不到一点儿脚步声，门把手怎么就无缘无故地动了呢？接下来的一分钟，房间里又恢复了安静。没过多久，另一扇门的旋钮也见鬼似的慢慢转了几下。凯蒂六神无主，险些尖叫起来。他连忙伸手捂住了她的嘴，她这才没喊出来。

周围又没有了任何声响。她只能瘫倒在他的怀里，大脑空白一片，膝盖颤抖得更厉害了。他有些担心，感觉她快要昏过去了。于是眉头一皱，咬了咬牙，把她抱到床上。她的脸像床单一样煞白。此时他的脸色也不好看，脸颊虽已晒黑，却遮挡不住底下那层惊慌的苍白色。他伫立在她的身旁，目不转睛地盯着门上那个陶瓷旋钮。他们谁也没有吭声，过了一会儿，她终于哭了出来。

“别哭了，看在上帝的份上，事情已经发生了，会过去的。”

他看出了她的心思，知道她在找她的手帕，所以赶紧把包给她递了过去。

"你的遮阳帽呢？"

"我放在楼下了。"

"呃，上帝啊！"

"听我说，你冷静一点。我敢保证这人不是瓦尔特。他为什么这个点回来？他中午从没回来过，不是吗？"

"对。"

"我敢打赌，刚才开门的肯定是用人。"

听到他的话，她终于露出了一丝微笑。他的声音总透出一种温柔和坚定，使她感觉宽慰。于是，她拉过他的手，深情地摩挲了几下。他不反抗也没说话，好让她更心安一些。

"亲爱的，我们不能老待在这儿不动，你觉得现在能去走廊上看看情况吗？"他问道。

"我觉得还不行。"

"你这儿有白兰地吗？"

她摇了摇头。他眉头紧皱，心里渐渐有些不耐烦，自己不太确定下一步该怎么办好了。突然，她把他的手握得更紧了。

"要是他还在门口没走怎么办？"

他不得不勉强地挤出微笑，又恢复了轻柔体贴、令人沉醉的语调，因为他确定这样就能说服她。

"不可能是他，凯蒂，打起精神来，刚才开门的人怎么会是你丈夫呢？如果真是他，看见大厅那顶陌生人的遮阳帽，上楼来又发现你的房门反锁着，肯定要大闹一场的。一定是仆人，也只有华人才会上来就那样拧把手。”

这下，她平静了许多，恢复了常态。

“可那人即便是女佣，不也会给咱们带来麻烦吗？”

“给她点钱就能堵住她的嘴，吓唬一下她便不敢声张了。我的权力虽不是很大，但还是能让她明白地位究竟意味着什么。”

还是他有见识，他一定是对的。她站起身来，转身向他伸出双臂。他把她轻轻搂在怀里，吻了一下她的嘴唇。不得不说，这样的爱总让人无法自拔，却又担惊受怕，她为他着迷，这更是事实。他有意放开了她，她心领神会，走到门前小心翼翼地拉开门上的插销，从门缝往外瞧了一下，见一个人影也没有。接着，她轻手轻脚地走上走廊，向她丈夫的卧室里张望了几下，又去检查了自己的梳妆室。发现没有人后，她放心地走回卧室，向他挥了挥手。

“根本没人。”

“我就知道，这本来就是没有的事。”

“你还有心情笑，刚才我都吓瘫了。到我的起居室里坐着，我去穿上袜子和鞋子。”

Chapter 02

他按照凯蒂的吩咐做了，五分钟后，她回来时他正不耐烦地吸着一根烟。

“能给我来杯白兰地或是苏打水吗？”

“嗯，我按铃叫仆人送来给你。”

“我说，今天这事儿不会把你吓着吧。”

他们静静地等待童仆上楼来。童仆上来后，她便吩咐他去拿饮料。

“你给实验室打个电话，问问瓦尔特在不在，他们听不出你是谁。”仆人出去后，她说道。

他向她要了瓦尔特的号码，拿起听筒，叫总机接了实验室。他询问费恩医生能不能接电话，得到回答后，把听筒放下了。

“他午饭后就不在实验室了。”他向她道，“等会儿问问那童仆，瓦尔特是不是回来过。”

“我不敢。要是他真回来过了，我又刚好没看到，那怎么向他解释。”

童仆把饮料端来了，汤森自顾自地喝了几口，又问她是不是也想喝点儿，她摇了摇头。

“那人要真是瓦尔特，该怎么好？”她问道。

“他可能根本就不在乎这些。”

“瓦尔特不在乎？”

他的回答显然让她十分意外。

“我很了解他，他这个人腼腆得要命，你也知道，男人是见不得这种情景的。他更清楚，这种糗事宣扬出去对自己的前途也没什么好处。何况我觉得那个人几乎不可能是瓦尔特，就算是，我猜他也做不了什么。我看他会装作不知道。”

她默默思考了一会儿。

“他深深地爱着我。”

“嗯，那样就更好了。他对你不是百依百顺吗？你正好可以哄哄他。”

他朝凯蒂温柔地一笑，这该死的笑容使她沉醉。这种笑容先是隐含在他清澈的蓝眼睛里，继而向下蔓延到棱角分明的嘴巴边。他的两排小牙齿洁白、整齐。这样迷人的微笑，使凯蒂有些招架不住，不禁春意荡漾，如醉如痴起来。

“我不在乎，即使他知道了，也是值得的。”她幸福地说道。

“我今天可能不该来，都是我不好。”

“对啊，你怎么不提前告诉我一声。看到你突然出现，我吓了一跳。”

“我想你了，我想你想得发疯。”

“亲爱的。”

她向他靠近了一点，凝视着他，黑色的眼眸里兴奋地闪着光，妩媚的嘴唇也迫不及待地微微张起。他用胳膊搂住了她。她兴奋地喘息了一声，顺势扑在他的怀里。

“记得我永远是你的依靠。”他说道。

“和你在一起，真的使我开心无比。好希望我也能让你感觉快乐。”

“你不再害怕了吗？”

“我恨死瓦尔特了。”她狠狠地回答道。

他不知该怎么回答她，便不答话，只是一个劲儿地吻她。他们的脸庞轻柔地紧贴在一起。

过了一会儿，他把她的手腕拉过来，看了看上面的小金表。

“你知道我现在该干什么了吗？”

“溜走？”她微笑着说道。

他点点头。她把他抱得更紧了，接着，她感觉到他真有要走的意思，于是就松开了他。

“哼，像你这样放着工作不做，老来我这儿，真是不害臊，我以后真不想见你了。”

每次听着她这些卖弄风情的话，他还是无比受用的。

“看来你是巴不得我走喽。”他一边坏笑一边说道。

“你知道我舍不得你走。”

她的语调低沉而又极其认真。他了解她的心思，只得微笑着说道：“对那个神秘的开门人，你的小脑袋瓜不要多想。我觉得肯定是用人。就算不是，这不还有我嘛，不用担心。”

“你是这方面的行家里手吗？”

听她这么说，他先是一阵得意，紧接着又觉得哪里不太对，马上装出一副严肃的模样。

“不能这么说，不过不是我大言不惭，我的脑子还是够用的。”

Chapter 03

她跟他一起走上走廊，一直目送他走出了房子。他回头朝她挥挥手，她不禁心中又是一喜，心怦怦直跳。他已经四十一岁了，但是从他健康的身材和灵活的步伐看，还像个小伙子一样。

回想这个下午他们做的蠢事，实在是有些冒险。但是他既然需要她，她为他做什么都没问题，哪里还能顾及什么矜持和小心？况且之前他也曾来过这里两三次，也没出什么岔子。午饭过后是一天中最热的时间，骄阳似火，外面很少有人走动，查理进出的那几次，仆人们竟也没发现。在香港她的行动并不方便，她恨透了这座城市。以前，她总是和汤森在维多利亚路旁的小房子幽会。那是家古董店，每当走进那所肮脏的小房子，她就有些心神不宁。每当她走进去，坐在门口的中国人总是令人厌烦地死盯着她瞧；而后，一个干瘦的老头儿会带她穿过店堂，爬上一段光线昏沉的木头楼梯，那里几乎看不清路。那老头儿皮笑肉不笑的讨好模样总让她感觉肉麻。那个房间又脏又乱，墙边放着一张大木头床，看得她身上直起鸡皮疙瘩。

“这里可真够脏的，是不是？”第一次来这里时她向查理埋怨道。

“你进来后，这个破地方也变得不同一般了。”查理答道。

当然，当查理把她抱到怀里时，什么脏乱差她也都没那么介意了。

可惜，她已嫁给了瓦尔特，总是身不由己，他们不能自由往来，这情况真让人懊恼。另外，她也一点都不喜欢查理的妻子多萝西。此刻，站在走廊上的凯蒂的思绪不知怎么就落到了汤森的老婆多萝西·汤森的头上。取多萝西这么个名字是多么不幸！她有三十八岁了，在凯蒂面前，查理从不愿多提她。毫无疑问，他一点也不把她放在心上，她无聊、烦人，使查理厌烦得要死。可是，对这种伤人自尊的话，查理还是保持着他的绅士风度，不会多说。这就是他，一个保守到家的傻瓜——不爱多萝西，都做出了对她不忠的事，还不愿说她的不是。想到这里，凯蒂从心底发笑，感觉十分讽刺。多萝西是位个子高挑的女人，比凯蒂高一些，既不臃肿也不瘦削，长了一头毫无光泽的褐色头发，两只冰冷冷的蓝色眼睛。她不算漂亮，也只有年轻时可能焕发过一些青春与可爱的气息。她五官平平，没有特色。她的皮肤你看过后绝无兴趣再看第二眼，脸色还有些苍白。至于她的穿着，嗯，倒是挺适合她的身份——香港助理布政司的妻子。想到这里，凯蒂不免一边微笑一边耸了耸肩膀。

当然，谁也不能否认多萝西·汤森有一副听起来不错的嗓音。她或许是位好母亲，查理常常把这一点挂在嘴边，而她或许就是那种凯蒂的妈妈称之为淑女的女人。然而凯蒂不喜欢她。她不喜欢她漫不经心的仪态。要是她请你喝杯茶或吃顿晚餐，她的礼仪能讲究到夸张的地步，你会觉得她的这种客气其实是打算拒人于千里之外，叫人无比恼火。她唯一在乎的可能就是她的孩子了。她的两个大儿子在英格兰上学，只有六岁的小儿子在她身边，她准备明年把他也送回英国去。她的脸时时刻刻戴着一张面具。她总是面带微笑，谈吐优雅，好符合她的身份，但却给人做作的感觉，正常人都不愿和她多相处。在香港这块殖民地上，她有一群亲密朋友，而她们对她无疑全都崇敬不已。凯蒂怀疑汤森夫人可能会有点瞧不起自己。想到此处，凯蒂的脸有些红了。不过，至少凯蒂不用像多萝西那样装腔作势。多萝西的父亲曾做过殖民地总督，在位期间自然地位显赫——他进入房间时人们都要起立致敬，乘车离去时路旁的人们也都会脱帽致意——然而还有什么比一位退了休的殖民地总督更无足轻重的呢？多萝西·汤森的父亲现在住在伯爵府上的一所小房子里，靠养老金过活。虽说她们两家都住在南肯辛顿，但如果凯蒂邀请多萝西一家去自己家做客的话，她的母亲肯定会觉得毫无价值。凯蒂的父亲伯纳德·贾斯汀是王室顾问律师，父亲还没有升任为法官，只是因为这世道不公平罢了。

Chapter 04

凯蒂跟随丈夫来到香港，不久便发现，她的社会地位实际上取决于丈夫所从事的职业。对于这一点，她一时真是难以接受。刚到这里的两三个月，大家对他们倒还友善，他们几乎天天都会受邀去参加晚会。当她出现在总督府的宴会上时，总督大人把她当新娘一样地接待。不过，她很快便明白，作为政府雇用的细菌学家的妻子，她在这里是无足轻重的。这让她感到异常恼怒。

“简直太可笑了，”她对瓦尔特说，“这儿的人简直没有一个人值得请到家里来招待哪怕五分钟，母亲要是在这儿，恐怕根本会关门谢客了。”

“这种事情其实都无所谓的，你知道的。”瓦尔特回道。

“我倒不在意这个，这只不过说明了他们的无知，不过想一想在伦敦时常来我家里的那些上流人士，被这样冷落我还真是有点迷惑不解。”

“在这个社会，科学家从来都是被冷落的。”他解嘲道。

她现在是知道这一点了，但是当初她嫁他时并不是这么想的。

“我做梦也想不到，被半岛东方轮船公司代理这种角色请吃饭竟然也让我感到高兴。”说完她尴尬地笑了下，自觉显得有些刻薄和势利。

他感觉出了她暗藏的不满，小心地拉起她的手，歉意地说：“凯蒂，我很抱歉，但不要老想着这事了。”

“我会适应的。”她惆怅地叹了口气。

Chapter 05

那个人绝对不是瓦尔特，多半是哪个中国仆人，什么事都瞒不住他们，但他们应该懂得什么该说什么不该说。

不过一想到那个旋转的白陶瓷旋钮，她还是不免紧张，简直太危险了。以后还是去古董店吧，人们即使看到她进去了也不会多想，而店铺老板知道查理的身份，绝对不敢招惹他。总之，为了查理，她什么都愿意做。

她离开走廊回到起居室，想坐沙发上抽支烟，但余光瞥见了一本书上的铅笔字条。

亲爱的凯蒂：

这是你上次提到的书，本来我想亲自送来，路上碰到了费恩医生，他说正要回家，可以捎给你。

V.H.

她按铃叫来了男仆，问这本书是谁什么时候送来的。

“是老爷午饭后拿回来的，太太。”

她心里明白是瓦尔特了。她稍微稳了下神，给查理的办公室打电话说了情况。

“怎么办呢？”她问查理。

“我正在开会，恐怕暂时不能和你多说什么，不过建议你先不要慌。”

她放下电话，明白查理那里肯定有其他人在场，不方便说话。

她靠着桌子坐下来，琢磨着当下的形势。也许瓦尔特认为她在睡觉，所以没敢使劲开门。我们当时有说话吗？她使劲回忆。但是，还有那顶该死的帽子！管他呢，或许瓦尔特根本没注意那顶帽子，匆匆放下书和纸条就走了。但他为什么要试着开门，还去动窗户呢？她知道他一向心疼她，不会打扰她休息的。还是自己太冒失、愚蠢了。

既然已经这样了，管他呢，为了查理这一切都是值得的，她想。如果他问她这事儿，她反正不承认就是了，他也没有证据。实在不行，抵赖不过去了，索性就承认了，也许这对她和查理来说反倒是好事。她准备索性一股脑儿说出来，告诉瓦尔特她根本就对他没有半点感情，自从认识查理以来，她对他有的只是厌烦。他爱怎么样就怎么样吧。

Chapter 06

经历了这三个月无聊而尴尬的婚姻生活，她自己真是欲哭无泪。说起罪魁祸首，她一下就想到她的母亲。

起居室里挂着一张她母亲的相片，此刻，凯蒂不经意间望向它，眼睛里满是焦躁和不耐烦。她并不怎么喜欢自己的母亲，奇怪她的相片怎么会出现在那儿。她还存有一张父亲贾斯汀的相片，放在楼下巨大的钢琴旁边。那是他刚当上御用律师时拍的，照片里的他戴着假发，穿着法官的长袍。尽管如此，他的形象看上去还是不够威严和有神采。他身材矮小，形容枯槁，眼神有些呆滞，嘴唇很薄，上唇却偏长。拍照片时，那位滑稽的摄影师叫他笑一笑，可他反而表现得更加严肃了些。他的两个嘴角向下耷拉着，眼睛无神，看起来没什么生命力。而贾斯汀太太偏偏觉得这张照片恰到好处，隐含着一种平和内敛的气质，人们会喜爱和尊重这样的形象。所以，就从众多照片中选中这张作为他的标准照。贾斯汀夫人本人的照片是在丈夫晋升皇家律师不久受邀在皇宫中照的。她穿着天鹅绒长裙，拖着极长的裙摆，好显示出她的高贵典雅。她头饰羽毛，手里捧着鲜花，坐着的身体挺得笔直，一副雍容华贵的气派。她已年过五旬，身材瘦削，胸部扁平，颧骨突出，有着一副高高的鼻梁。她那头乌黑浓密的长发梳理得整整齐齐，这倒不同寻常。凯蒂一直怀疑她妈妈的头发是不是染过，或者起码是加了些润饰的。她褐色的眼睛十分明亮，不会停留在一样东西上超过几秒钟，这是她最引人注目的特点。要是你有幸和她交谈片刻，在她那张淡漠和焦黄的脸上泛起皱纹前，你已经从头到脚被她打量了好几遍了，那会让你感觉不知所措，感觉她正在找你的毛病。要是再注意到她左顾右盼的神情，你更会惶恐不安，她一会儿瞅瞅你的头，一会儿又望望你的脚，再朝房间里的其他人瞟几眼，然后再次瞧着你。你会觉得她正估量你，同时眼睛注视着四周，不愿放过周围环境发生的一切。所以她总是给人装腔作势的印象，使人觉得她这人心口不一。

Chapter 07

贾斯汀夫人冷酷无情、工于心计，支配欲极强，喜欢控制他人，野心勃勃而又吝啬小气，自以为聪明，实际上却有些愚蠢。她有四个姐妹，父亲是利物浦的一位律师。她和伯纳德·贾斯汀在北部巡回法庭相识。那时，贾斯汀先生年轻有为，事业蒸蒸日上，她的父亲预言这位年轻人将来会前途无量。然而，最终事情却事与愿违。他刻苦勤奋，能力突出，才华横溢，但却一点也不醉心于仕途。贾斯汀夫人十分瞧不起他。但她不得不无奈地承认，只有依靠他的事业，自己才能出人头地，于是她千方百计地胁迫丈夫，让他为己所用。她在他耳边唠叨个没完，经常数落他，不留一点情面。她逐渐明白，要是想让丈夫去做某件事，而他又不肯时，只要在他面前喋喋不休，扰得他心神不安、疲惫不堪，他就会屈服了。她也有自己的事要做，总是暗自盘算哪些人可能对她有好处。她巴结那些给她丈夫兜售案子的律师，和他们的夫人打得火热，又对法官和法官夫人曲意逢迎，对有前途的政治新人也表现出亲近。

二十五年来，贾斯汀夫人邀请宾客的动机，绝不只是因为感情上喜欢某人，必定还另有深意。她每隔一段时间就会举行一场盛大的宴会。她雄心勃勃，却舍不得花钱。她一直认为只要善于筹划，仅用一半的钱就能办出同样豪华的晚会。她家的晚宴都有着很长的时间，花样繁多，却又节省至极，她自认为客人们边喝酒边高谈阔论时，往往不会注意他们喝的是什么酒。她用餐巾把带沫儿的酒瓶裹起来，以为这样客人们就会把葡萄酒当成香槟酒喝了。

伯纳德·贾斯汀的业务虽称不上顾客盈门，但也并不萧条。可是，许多比他晚开业的律师早已超过了他。于是贾斯汀夫人便要丈夫去竞选议员，竞选费用由他所属的政党承担，这位太太的吝啬本性再一次使丈夫的竞选活动以失败告终。因为她不知道笼络选民。候选政党要向名目繁多的各种基金会捐款，而来自贾斯汀家的那部分总是会缺少那么一点，结果他在竞选中落败。贾斯汀夫人默认了自己的失败，尽管丈夫没有脱颖而出，可作为候选人夫人带来的些许光环也够她炫耀的了。更何况竞选过程中她结识了些权贵，也足以滥竽充数于其中了，这种意外的收获让她窃喜。她早知道伯纳德不会被选入下议院，只是想借他竞选的机会赚取党内人员的几分感激之情，只要丈夫不遗余力地去挽回他所属政党的两三个席位即可，他不被选中早是意料之中的事。

然而，他仍然只是名普通律师，社会地位平平，而他的许多后辈却已经荣升为御用律师。她觉得他也必须朝这个目标努力，按理说，他也必须走出这一步，才比较有希望出任法官。况且还得为妻子着想：不难发觉她和那些小她十几岁的律师夫人们同去赴宴时的自惭形秽。可他还是不愿申请，坚持不走那最后一步。

多年来她第一次遭到了他的反抗，他的固执让她感到头疼不已。他担心的是升为王室顾问后就不能接普通人家的案子，会使生意减少。他说，得到一个实在的好处比空想出的两个更有意义。她反唇相讥，称这谚语只是那些没有理想的人的借口。他提醒她说，当了御用律师后收入就会减半，这肯定会使她感觉难以接受。她依然不听，说他活得像个懦夫，还在他面前唠叨个不停，从此，他一刻也没得安宁。最后，他还是像以前那样屈服了。他申请担任御用律师的要求，很快就得到了皇室的批准。

他担心的事情很快应验了。在担任御用律师的过程中没有得到升迁，而为普通人辩护的生意也比以前少了。但他还是掩饰心里的沮丧情绪，对妻子的不满和责怪也不溢于言表，只默默放在心里。他在家一贯少言寡语，而今，说的话就更少了一半，家里人谁也没注意到他身上的这点变化。两个女儿也只把他当成钱袋看。在女儿眼里他只是衣食来源，为了她们能吃好穿暖、生活惬意，他理应忍辱负重，这是顺理成章的事。女儿对他本来就漠不关心，而今又因为他的失误使家庭的收入减少，就更不把他放在眼里了。她们从不关心这个矮小男人为何每天都风尘仆仆，也不愿知道这个整天眉头紧锁的人在想什么，她们只把他当作路人。而反过来，既然作为父亲，他自然要爱她们，心疼她们，为她们付出什么都不为过，这都是天经地义的事。

Chapter 08

贾斯汀夫人历来把面子看得比什么都重要。她把社交圈子当成是她的命根子，愿望受挫之后的窘境丝毫不会被亲密圈子里的其他人发觉。她精打细算，像往常一样悉心准备奢华的晚宴，丝毫没改变以前的生活方式。遇见朋友时依旧欢声笑语，她已经习惯了这样的生活。她聊天时的话题很多，她的那个圈子也是依靠这些闲聊度日的。置身于一群不善言辞的人群当中，她总是很受客人的欢迎。因为任何陌生的话题她都不会磕磕绊绊，若遇冷场，她能立即找到合适的话题打破尴尬。

依照当下的情形，伯纳德·贾斯汀升任高级法院法官是不可能的了。但出任地方法官还是很有希望的，退一步讲，总可以到殖民地谋得一官半职。最后，他当上了威尔士的一座城镇的法官，贾斯汀太太总算放心了。时至今日，她可以把希望全部寄托在女儿身上了。她一生不得意，要是女儿能找到个如意郎君，或许她的好日子就能到来。她有两个女儿，凯蒂和多丽丝。多丽丝的鼻子太长，身材太粗，一点也不好看。贾斯汀夫人也没对她的将来抱多大希望，只要她能嫁入小康人家，丈夫有不错的职业就很好了。

而凯蒂可称得上是个美人儿，她在孩童时代就已是个美人胚子。她长着水灵灵的褐色眼睛，褐色的卷发透出红色，有一口整齐漂亮的牙齿，皮肤白皙，让人赏心悦目。不过，她的五官并不是十全十美，她的脸颊不够圆润，鼻子虽不像多丽丝那样长，看起来还是有点略大。她的明艳动人还是要依靠一点青春的生命力，这或许就是贾斯汀夫人认为她有必要在少女初成时就嫁出去的原因。随后不久，她长睫毛下的大眼睛更加迷人，皮肤愈加白皙，男孩子都忍不住想多看她几眼，她出落成个尤物了。还有，她与生俱来的活泼性格，总让周围充满欢声笑语。贾斯汀夫人把全部感情都倾注在凯蒂身上了，隐藏了全部残酷和心机，她也擅长这么做。她心里明白，如今凯蒂的丈夫绝不仅仅要是个好人，而是要出类拔萃。

茶余饭后人们常会谈起凯蒂的年轻貌美，凯蒂就在这样的声音中成长。她知道母亲的野心，了解她的意图，她和母亲的想法也不谋而合。凯蒂亭亭玉立地出现在社交圈的舞台上了。为了让凯蒂尽可能快地遇到如意郎君，贾斯汀太太充分施展了她的才华——她总能设法让人家邀请她家女儿去参加各种舞会。凯蒂天生丽质又活泼开朗，很快有十几个小伙子为她倾倒，她俨然成为舞会的交际花。他们当中没有一个十全十美，尽管这样，凯蒂还是继续高雅地与他们友好地相处，同时小心谨慎，不和他们做更深入的交往。每个星期天的下午，南肯辛顿的客厅里总是挤满了前来追求爱情的年轻人。看看满屋子的年轻人，贾斯汀夫人露出阴郁又冷酷的微笑，心想不能让他们离凯蒂太近。不过这件事不用她出手，凯蒂开始对每人都秋波暗许，并在他们中间挑拨离间，使他们彼此争风吃醋。她也觉得这样做非常有趣。如果他们当众求婚，正如每个小伙子都做过的那样，凯蒂就会婉转而坚决地拒绝他们。

少女的第一个社交忙季快过去了，凯蒂没有遇到她的完美丈夫。第二年也是如此。但凯蒂依然年轻，再等下也没关系。贾斯汀夫人给朋友们说，要是一个姑娘不到二十一岁就嫁出去，那真是有点太草率、太可惜了。然而第三年和第四年都过去了。曾经追求过凯蒂的两三个崇拜者还在向她求婚，但他们都身无分文。一两个比她年轻的小伙子也向她求婚。另外，还有一位曾任皇室顾问、现已退休的印度官员也来求婚，但他已经有五十三岁了。凯蒂仍然积极参加各地的舞会，包括温布尔登、王宫，然后是爱斯科赛马会、亨利市。她在每一场舞会上都能尽兴，但依然没有既有钱又有地位的男士向她求婚。贾斯汀夫人再也不能气定神闲了。她察觉到凯蒂只能吸引四十岁以上的老男人了。她提醒女儿说，再过一两年她就红颜不再了，而年轻的漂亮姑娘却会前赴后继地出现。贾斯汀夫人在外虽不说，但是在家却直言不讳地警告女儿，她会错过大好时机的。

凯蒂听了母亲的告诫只是耸耸肩膀。她觉得她依然青春貌美，甚至比以前更漂亮了，因为这四年里她学会了如何穿衣打扮，她还有很多时间，可以再等等。要是她为了结婚而结婚，那一打的小伙子都会求之不得呢。那个最完美的男人肯定会出现，只是早晚的问题。贾斯汀夫人对当前的形势一清二楚，漂亮的女儿一再错过眼前的大好时机让她揪心不已，她现在明白不能再要求那么高了。她开始注意以前曾嗤之以鼻的职业阶层，给凯蒂找个年轻的律师或者商人也不错，一定也会大有前途。

凯蒂已经二十五岁了，仍然没找到好人家。贾斯汀夫人怒不可遏，经常在凯蒂面前发泄她的不满。她问凯蒂还要父亲养她多久。给她办舞会的开销，几乎花完了父亲的积蓄，而她却错过了一次又一次的机会。贾斯汀夫人从来不会想到，她总是热情地怂恿那些富贵子弟、爵位继承人来她家拜访，或许是她的过分亲昵吓得他们望而却步。她最终把错误的原因归结到凯蒂头上。不久，多丽丝该谈婚论嫁了，同样登上了社交舞台。虽然她的鼻子还是有点长，身材不好，舞技蹩脚，但社交时代的头一年，她就和杰弗里·丹尼逊订了婚。他是一位有钱的外科医生的独生子，这位医生曾在战争期间被授予从男爵，杰弗里将会继承这一封号。虽然一个中世纪的从男爵封号算不上显赫，但是，感谢上帝，封号毕竟是封号，不是吗？何况杰弗里将会继承父亲的一大笔遗产呢！

这下凯蒂有些慌了神，一气之下嫁给了瓦尔特·费恩。

Chapter 09

凯蒂和瓦尔特相识没多长时间，而且，凯蒂也从未注意到周

围存在瓦尔特这么个人。她想不起来他们初次相识的时间和地点。直到订婚之后，凯蒂才被告知他们是怎么相识的：那是在一场舞会上，朋友带瓦尔特去的，他们还曾一起跳过舞。如果说她和瓦尔特跳了舞的话，那只是因为社交场上的她总是十分豁达，任何一个邀请她跳舞的人她都不会拒绝。自然而然，凯蒂不会给他太多的关注。那场舞会后一两天，在另一场舞会上，瓦尔特来到她的面前和她说话时，她仍旧不认识他。此后，凯蒂意识到，她每次去参加舞会，这个人好像都在场。

“到目前为止，我已经和你跳了十几次舞了。现在你必须告诉我，你叫什么名字。”最后，她笑着开口说道。

显然他有些意外。

“这么说，你还不知道我的名字？别人不是曾经向你介绍过我吗？”

“呃，他们介绍时会有些含糊其词。现在你要是不知道我的名字，我一点也不奇怪。”

他对她笑了笑。他脸色庄重，甚至有一点严峻，但是他的微笑十分温和。

“我当然知道你的名字。”他停顿了一会儿，接着问道，“你对我叫什么不好奇吗？”

“和大多数女人一样，非常好奇。”

“你没想过向别人问问我的名字吗？”

她几乎被逗乐了。她不明白他为什么会以为她竟然会对他的名字感兴趣，只不过不想使他难堪。她朝他露出了迷人的微笑，迷人的眼睛如同森林里露珠汇成的池水，蕴含着动人心魄的魅力。

“嗯，你叫什么名字？”

“瓦尔特·费恩。”

她想不明白他为何来参加舞会，他几乎不会跳舞，这里他也没有熟人。她忽然想到他是不是爱上了自己，但马上又耸耸肩，觉得不可能。她认识的好多女孩一厢情愿地认为她们遇见的每个男人都爱上了她们，而事实上是她们自己荒谬而已。但是，她对瓦尔特的注意比以前更多了些。他和向她求爱的大多数男孩不同，他们都是急匆匆地向她表达爱慕之情，还想亲吻她。而瓦尔特·费恩从不说那些讨好她的话。他表现得少言寡语，但她不以为意，因为她说起话来总是滔滔不绝，要是她的一个小幽默能逗得他哈哈大笑，她倒觉得很有意思。从他说的话来看，他并不愚蠢，只是非常害羞。他好像在远东某地居住，现在在家休假。

某个星期天的下午，他来到南肯辛顿，到凯蒂家做客。当时有十几个客人在场，他在一旁坐了一会儿，显得很不自在，然后就离开了。后来贾斯汀太太问起女儿那人的情况。

“我也说不清楚。不是你邀请他来的吗？”

“是的。我在巴德利家遇见他。他说他在好几次舞会上看见了你。我告诉他，每个星期天你都在家。”

“他姓费恩，在东方做什么工作的。”

“对，他是个医生。他爱上你了吗？”

“我还说不好。”

“我还以为一个小伙子是不是爱上你，你会很清晰地知道呢。”

“就算他爱上我，我也不会嫁给他。”凯蒂轻描淡写地说。

贾斯汀夫人没有继续说下去，她用沉默隐藏了她的不快。凯蒂脸上泛起红晕，她心里明白，母亲一门心思只想让她早点离开这个家，至于嫁给谁，她并不关心。

Chapter 10

接下来的一星期，她在三场不同的舞会上碰到了他。他在她面前胆子大了些，说话多了一些。她了解到，他从事医生职业，不过没有诊所，是属于那种研究细菌的医生，凯蒂也没摸准他到底是干什么的。此外，凯蒂了解到他在香港工作，秋天要回香港。他挺喜欢对她聊中国的事情，她习惯性地表现出兴致勃勃的样子。不过听起来在香港生活倒也不错，赛车、网球、高尔夫、马球、各种俱乐部，英国有的那里都有。

“那里舞会多吗？”

“我想不少。”

她不太明白他为什么给她说这些，他看上去很喜欢参加她的社交场合，却从未有哪句话或者哪个眼神暗示他倾心于她。接下来的周末他再次到她家造访时，她父亲由于下雨没能去打高尔夫球，跟费恩聊了半天。几天后，她问父亲和他聊了什么。

“他平时在香港工作，那里的首席法官和我是老相识，说这个年轻人非常聪明。”

她明白父亲一向厌倦招待她和妹妹带回来的那些追求者。

“您可从来不太看得上追求我的人。”

父亲看着她问：“你会嫁给他吗？”

“不可能。”

“他是不是爱你？”

“我没有看出来。”

“那你对他呢，感觉如何？”

“他不是我喜欢的类型。”

他的确不是她喜欢的类型。他身材瘦小，看着有些单薄，皮肤也没有光泽，胡子倒刮得挺干净，五官也棱角分明，但太普通了。他的眼珠子是东方人的那种黑色、小巧的类型，但有些呆滞，喜欢盯着一样东西看，似乎总想把眼前的东西琢磨明白，让人不太舒服。他的鼻子倒长得不错，笔挺小巧，眉毛细细的，嘴巴也轮廓鲜明，很奇怪，他的五官单独看都不错，但总体看上去却不好看。加上他的表情似乎总是有些讽刺，凯蒂感觉和他在一起不舒服，这个人身上缺乏快乐的品性。

这个社交季两人见面不少了，但他还是一如既往地不冷不热，让人看不透他的想法。他和凯蒂在一起时总是有些局促不安的样子，倒也不是害羞，说话还是老样子，没有人情味。凯蒂最后想，他并没有爱上自己，只不过是喜欢和她随意地聊聊罢了，等他回到香港，也就忘了自己了。她觉得也许他没准儿已经和香港的某个护士订婚了，抑或是哪个牧师的女儿，笨拙、普通却充满活力，做他的妻子再合适不过了。

几天后，多丽丝和杰弗里·丹尼逊订婚了。多丽丝才十八岁就找到了终身依靠，自己已经二十五岁了却还没有着落，她担心自己这辈子都嫁不出去了。这个社交季里，只有一个小伙子向她求婚，但他才二十岁，还在牛津读书呢，她怎么能嫁给小自己五岁的毛头小子呢？她感觉自己已经进退维谷了。去年，丧妻的巴斯骑士曾向她求婚，他有三个孩子，但她拒绝了，现在她感到有些后悔了。母亲这下会对自己更苛刻了。而多丽丝因为自知不如姐姐，一向都在让着她，这下没准儿幸灾乐祸了。凯蒂一下子感到充满无力感。

Chapter 11

不久后的一天下午，她正从哈罗德家步行回家，正巧在布朗普顿路遇见了瓦尔特·费恩。他停下来跟她说话。而后，他很随意地问她是否介意到公园里吹吹风。那时她已经感觉不到在家里的那份温暖，所以就不急着回家。而公园的确是不错的去处。他们随意地走着，像以往一样漫无目的地闲聊着，然后，他问她夏天准备到哪里避暑。

“哦，我们总是会躲到乡下去。你知道，父亲忙了一个春季，已经很疲乏。我们觉得安静的地方总适合于休养。”

凯蒂说得好像自己没有撒谎似的，她很清楚地知道，这一年父亲的生意并不很忙，更不至于多得累着人，再说，即使忙了一个春天，依父亲的性格也不会去休假。之所以去安静的地方完全是因为那里便宜。

“那边有张椅子，咱们去那边坐会儿吧。”瓦尔特突然说道。

她顺着他的目光望过去，树下的草地上摆着两把绿色的椅子，离他们很近。

“好，站得我有些累了。”她说道。

可是，当他们坐下来以后，他忽然变得异常沉默、心神不宁起来。唉，这真是个怪人，不过她也没放在心上，还是兴高采烈地继续讲着话。她不明白，为什么他会请她来公园散步，或许他是准备向她吐露他和香港某个笨蛋女护士的愚蠢爱情故事吧。突然，他转过头朝向她，打断了她的谈话。凯蒂发现，他的脸有些煞白，原来他一直没在听她说话。

“我有话要对你说。”

她不经意地瞟了他一眼，发现他的眼睛里充满犹疑和焦虑，讲话的嗓音很低，有些颤抖，又断断续续。她还没来得及想更多，他又开口了。

“我想问你，愿不愿意嫁给我？”

“你吓到我了！”她吃惊地望着他。

“你难道不知道，我早就爱上你了吗？”

“你从来没有向我表示过呀。”

“我的嘴实在是太笨了。说出的话也总是词不达意。”

她的心跳有点加快。过去，人们向她求爱，要么和颜悦色，要么深情款款。她也以同一种方式回绝了他们。但是，从来没人会用他这种突然而悲情的方式。

“你人真的很好。”她含含糊糊地说道。

“我第一次见到你就喜欢上了你。我曾经无数次想向你坦露心迹，但还是没能鼓起勇气。”

“我也不清楚，你这样说出来是不是合适。”她说着咯咯笑了起来。

她也确实想找个机会笑一笑。那天原本风和日丽，可他们周围的空气却十分凝重，四周安静得有点压抑。他皱着眉头，脸色依旧一片阴郁。

“呃，你明白我的心意吗？我不想就此失去希望。现在你们就要去避暑了，而我秋天就要回中国了。”

“对你我从没往那方面想过。”她不知道该怎么说才好。

他不再吭声，低下头闷闷不乐地望着草地。他真是个怪人，不过她觉得他表达爱意的方式倒是与众不同，让她感觉既紧张又高兴。她是被他的表白吓了一跳，但心中还是蛮得意的。而且，他的冷漠表情也让人琢磨不透。

“你必须给我时间考虑一下。”

他没有做出回答，还是纹丝不动。他难道要让她立马就做出决定吗？那太荒唐了。她得回家先和母亲商量一下。她在等着他回话，刚才回话的时候她就应该站起身来了，好表示今天的谈话到此为止，她坐着只是想等着他的回答。而此刻，不知为什么，她觉得她竟不能再有进一步的动作。她没有偷偷看他，只在心里想象着他此刻的表情。她没想过要和一个才比她高那么一点的男人结婚。他坐在你身边时，你会发现他面容清秀、五官精致，面部表情却冷若冰霜。而让人奇怪的是，在他淡漠的表情背后却蕴藏着激情澎湃的情感。

“我不了解你，我对于你的情况一点也不了解。”她声音颤抖着说道。

他此刻将目光转向凯蒂。凯蒂的眼睛不由自主地接触到他炙热的目光。他的眼睛里充满柔情，这是她从未见过的。他的眼睛同时还流露出一种乞求的目光，像狗挨了皮鞭后流露出的那种眼神。这让凯蒂更加紧张。

“我想我会变得善于交际的。”他说道。

“你还是很害羞，不是吗？”

她也不知道该说些什么。现在想想，当时她不论说些什么，都不免感觉与当时的场景格格不入。虽然她一点也不爱他，她不明白为什么没有立马拒绝他。

“我真是个笨蛋。”他说，“我想告诉你，我爱你胜过这个世界上的一切，可就是开不了口。”

这世上最奇怪的事发生了，他的话竟然让她有一丝丝感动。他虽然看上去有些冷漠，可能只是因为他不善于表达。凯蒂这么一想，发觉跟以前比她有点喜欢他了。多丽丝十一月就要举行婚礼。那时瓦尔特也将回中国了。要是她嫁给他，那她就会和他一起去。给多丽丝当伴娘可真让人郁闷，她要是能躲开是再好不过的。要是多丽丝结了婚，而她还是没嫁出去，那她这个老姑娘的身份岂不是更加显眼。那时就更没人再愿意搭理她了。对她来说，嫁给瓦尔特算不得美满姻缘，但是毕竟算是解决了个麻烦问题。况且中国的生活也很令人向往。她再也受不了妈妈那张冷嘲热讽的嘴了。跟她同岁的姑娘早就都已经结婚，几乎个个都已经成为孩子的母亲。她再也懒得去看望她们，不愿跟那群年轻的妈妈们一起喋喋不休地谈论她们的心肝宝贝。瓦尔特·费恩会给她提供新的生活。她微笑着转向了他，并十分清楚她这么做意味着什么。

“假如我现在就答应你，我们什么时候结婚？”

他高兴地喘了一口气，苍白的脸颊一下子变得绯红。

“现在！马上。越快越好。我们去意大利度蜜月。在那里度过八月和九月。”

那样她就不用和父母一起跑到乡下去避暑，不用住房租只有五基尼的破烂牧师小屋了。一瞬间她的脑海里浮现出《邮政早报》上的布告：由于新郎将回到东方，婚礼立即举行。凯蒂了解妈妈的性格，她不会放过这个可以四处炫耀的机会，一定会让这条消息在最显眼的地方刊登。现在多丽丝的婚礼还没提上日程，等到她举行隆重的婚礼时，她早已经远走高飞了。

想到这里，她向瓦尔特伸出她的手。

“我想我是喜欢你的。不过，你得给我时间让我熟悉你。”

“那么你答应了？”他打断她的话。

“我想是的。”

Chapter 12

当初凯蒂对瓦尔特的了解仅有一星半点，而现在，结婚已经将近两年了，她对他的了解还是相当肤浅。起初她为他的善良所感动，对他的求爱感到惊奇和高兴。他对她十分体贴，嘘寒问暖，生怕她会不开心。只要她想要什么，哪怕是再微不足道的心愿，他都会放在心上，竭尽全力地去满足她。他时常送给她一些小礼物。要是她不小心生了病，谁也不会像瓦尔特那样跑前跑后，对她悉心照料，直到她彻底康复。她感觉，她吩咐瓦尔特做那些累人的事情，其实是帮了他，让他找到机会去履行丈夫的职责。他对她总是彬彬有礼。她一进门，他便会起身站立。她要下车，他会伸手去扶着她。要是碰巧在街上遇见她，他一定向她脱帽致敬。她离开房间时，他会殷勤地给她开门。他进入她的卧室和化妆室之前，总是先敲门。他对待凯蒂不像大多数男人对待妻子那样，

倒像是在招呼客人。这些滑稽的情形确实让她高兴了一阵子，但她很快感觉厌倦了。如果他能更随意一点，凯蒂反倒会轻松自在点。如今他们虽然是名义上的夫妻，但彼此并不像其他夫妻那么亲昵。他还是那个内心充满狂热感情的人，有点歇斯底里，易动感情。

凯蒂发现他很容易就感情冲动，这让她感到惊讶和不安。他平时的自制是因为害羞的结果，还是长久养成的习惯，她不确定。他搂着凯蒂做夫妻间的事情时，他害怕受到嘲笑，不敢说那些下流话，竟然满口小孩儿气的话或是些大逆不道的胡话，这么久了，凯蒂就开始多少有点瞧不起他。有一次她讥笑说，他说的是世界上最荒唐的胡话。这深深地刺激到他的内心。本来他正抱着凯蒂，她感觉到他的胳膊松了下来，他沉默了一会儿，一声不响地一个人回到了自己的卧室。她不想伤害他的感情，一两天过后，她又对他说："你这个傻家伙，你可以继续说你的胡话，我不在意。"

他只是羞涩地笑了笑。不久以后，她发现他很难和别人打成一片。他总是放不开。要是在晚会上，大家在一起唱歌，他从来没勇气加入其中。他面带微笑坐在一旁，似乎这样他就很高兴，但实际上他只是强颜欢笑。他的笑更像是一种嘲讽，他的笑容让人有种感觉：在他心里这些纵情享乐的人根本就是一群傻瓜。他绝不会参加圆桌游戏，而在凯蒂看来这些游戏足以让人兴高采烈、兴趣盎然。在去中国的路上，他们遇到了一场化装舞会，同行的人都穿着奇装异服，而让瓦尔特穿上那些衣服简直连门儿也没有。

显然他认为这些都是肤浅的东西，这让她十分扫兴。

凯蒂生性活泼，她愿意一天到晚滔滔不绝，你经常能听到她咯咯的笑声。而他的沉默却常常让她觉得自己的热情被泼了盆冷水。对于她随便说的事情，他都不爱搭话，这让她感觉异常恼怒。那些闲聊的话题的确不一定需要回答，但是要是有回应也会令人高兴。例如外面下雨了，她会说："雨下得好大啊。"她等着他说："嗯，是呀。"然而他却一声不吭。有时凯蒂真想上去摇摇他的脑袋，重复一遍刚才的话。

"我说，我说雨下得很大！你听到没有？"

"我听到了。"他回答道，脸上露出微笑。

这说明他不是故意惹她生气，而仅是因为他确实无话可说。凯蒂在心中暗笑，要是谁都等有话可说的时候才开口，那用不了多久人类大概就不会讲话了。

显然，原因在于他缺乏生趣，和大家格格不入，她在香港没多久就下了这个判断。她虽然仍然不太了解他的工作，但已明白了一点，细菌学家在政府里只是个无足轻重的人。而他似乎也无兴趣跟她聊聊他的工作。不过刚开始时，她对他的工作其实充满兴趣，喜欢问东问西，他总是敷衍性地回答下罢了。

"没有什么好说的，就是枯燥的技术活罢了。"又一次提到时他说，“报酬也不高。”

他似乎不喜欢聊自己。有关他的先辈、身世、所受到的教育以及生平经历，要不是她一个个地探问，他从不主动提起。他似乎最不喜欢的就是被问问题，可她恰恰好奇心重，不停地问他问题，结果他回答的时候就难免经常显得生硬。不过她心里明白，他并不是故意有所躲闪，只是天生内向罢了。他谈到自己时便感到言不由衷、不自在，他习惯了封闭自我。他只是不停地看书，而凯蒂则对那些书毫无兴趣。在弄好他的科学论文后，他喜欢研读一些有关中国的书或者历史作品。她感觉他是个不会放松自己的人。不过，他倒也有两个竞技类爱好——打网球和桥牌。

她想不明白他为何会喜欢自己，他身上的内敛、冷漠、矜持都与自己格格不入。但很明显，他确实深爱着她，愿意为她做任何事。她要是愿意，可以像摆弄一个木偶似的随便地摆布他，一想到这里，她便有些瞧不上他。她甚至怀疑他之所以对她喜欢的人和事物总是抱着讥讽的态度，是为了掩饰他内心的虚弱。当然，他的确很聪明，大家也都对此观点一致，但不知为何，他很少表现得心情愉快，除了极个别的时候——他和几个自己喜欢的人待在一起时。她无意嫌他沉闷，只是无所谓罢了。

Chapter 14

凯蒂来到香港后的几星期里，已经多次在茶会上遇见查理·汤森的妻子，但第一次见到汤森本人则是在几天之后。他们夫妻去查理·汤森家吃饭时，她被引见给他，凯蒂当时其实怀着戒心。她知道他是香港助理辅政司，担心他会在她面前显出屈尊的架势，有关这一点，她已经在汤森太太身上领教过了。他们受到招待的房间宽敞明亮，不过摆设倒是没什么特别，舒适而实用，和香港其他人家一样。那次聚会规模不小，他们最后才到来，进来时，穿制服的中国仆人正在给客人们端酒。汤森太太随意地跟他们打了招呼，然后安排客人进餐。

凯蒂看到一位身材健硕、相貌俊朗的男子走过来。

“这位是我丈夫。”

“坐在你们旁边，是我的荣幸。”他笑着说。

她瞬间感到松弛了下来，心里的戒心顿时没了。他一直微笑着，但她从他的眼神里捕捉到了惊讶的神情。她很清楚这是为什么，内心有些得意。

“我是没心思吃任何东西了，”他故意夸张地说，“虽然多萝西的晚餐非常美味。”

“这是为什么？”

“怎么没人提前给我提个醒？”

“提醒你什么？”

“我做梦也没想到，今晚会见到一位倾城美女。”

“我都没法接话了。”她略显羞涩。

“你不用接话，说话的事我包了，我要将这句话不停地重复下去。”

凯蒂没接话，她在想他妻子当时是怎么对他描述自己的，他肯定是问过的。汤森这时也想起来了。

“新娘长什么样？”他曾经问过他妻子。

“很漂亮，简直像女演员。”

“真是演员？”

“打个比方罢了。她父亲是医生或者律师，我们哪天请他们来吃个饭吧。”

“看情况吧。”

汤森在餐桌边挨着她坐时，告诉她，费恩刚到殖民地时他们就认识了。

“我们经常打桥牌，你丈夫水平很不错。”

她在回去的路上问了瓦尔特这事。

“他桥牌打得如何？”

“还行。如果牌好，就打得好；牌差，就输。”

“和你一样打得好？”

“我对自己的水平有自知之明，可以说在二流玩家里还算不赖。汤森自我感觉是一流玩家，其实算不上。”

“你似乎不喜欢他。”

“说不上喜欢或是讨厌。他工作能力尚可，听说运动水平也不错，这跟我没什么关系，我不感兴趣。”

这不是瓦尔特第一次这样回答她的问题了。她心里不以为然，要么喜欢，要么讨厌，何必这样模棱两可呢？

头次见面，她非常欣赏查理·汤森这个人。这是她起先没有想到的。他可能是这块殖民地上最受欢迎的男人。据说香港布政司不久就要退休，大家都认为汤森来接任这个职位是再好不过的事。他喜欢打网球、马球和高尔夫球，并且样样都打得很好。自己还养了几匹赛马，他的马是最棒的，几乎次次都是比赛的冠军。他心肠很好，帮助他人不遗余力；他平易近人，从来不摆架子。起初凯蒂听到别人对汤森的这些褒奖时，觉得他肯定是个狂妄自负的人，后来她发现自己完全是错的。毕竟像汤森这样卓越的人，自负一点也是无可厚非的。

那天晚上她非常高兴。他们聊了伦敦的剧院、爱斯科特赛马会、考斯的赛艇会，她所知道的，他都能接着畅聊，她感觉他们真的可能在伦诺克斯花园的宅邸里遇到过。饭后，男人都去客厅后，他又走到了她身边，坐下和她聊了会儿。他没再说什么逗乐的话，但她总忍不住发笑，这可能是由于他说话本身的样子，他的嗓音深沉浑厚，眼神亲切明亮，充满温情，让她感觉舒适而自在。他讨人喜欢是理所当然的，因为他确实很有魅力。

他的个子很高，她估计他至少有六英尺二英寸高。他拥有健美的身材，身体虽然健壮，可全身却没有多余的赘肉。他的发型十分优雅，在整个大厅的男人中他明显是最有品位的。他的穿着也十分得体。这样潇洒干练的男人让凯蒂不得不喜欢。她朝瓦尔特瞟了一眼，觉得自己的丈夫真应该改善一下形象。她又注意到汤森袖口上的链扣和马甲上的纽扣都很贵重，以前她曾见那些皇室贵族有这样的配饰。汤森家族显然很有钱。他的脸晒得黝黑，却丝毫没有减少他的健美，她尤其喜欢他整齐的特意打理过的小胡子，一点也没有盖住他红润丰满的嘴唇。他留着乌黑的短发，梳理得光滑熨帖。然而他身上最迷人的地方，还应该是浓眉之下的那双有神的眼睛。它们是湛蓝色的，笑意中流露着和蔼之情，显示出他是个多么柔和的人。显然，拥有那双蓝眼睛的主人怎么会忍心伤害任何人呢？

凯蒂确信汤森也在为她着迷。他并没有直接说他是怎么想的，但从他那不舍得挪开一下的眼神就不难看出，他已经沦陷了。他的兴奋之情溢于言表，自己竟还浑然不觉，可这种情形凯蒂再熟悉不过了。与此同时，他悠闲自在的谈话方式使凯蒂也感到轻松自在，他们彼此间说着一些轻松的笑话，他常常不露声色地夹杂上两句得体的恭维话，让她更加心花怒放。她跟汤森握手分别时，她的小手被他捏了一下，这显然不可能是错觉。

“希望不久后还能再见。”他说得漫不经心，而他眼睛背后的依依不舍，凯蒂怎么会不知道呢？

“香港又不是很大，不是吗？”她说道。

Chapter 15

谁能想到他们两个的关系才三个月就发展到了这个地步呢？

他对她说，自从那个晚上和她相遇，她的身影就霸占了他的脑海。从来没有一个女人让他如此神魂颠倒。她那天晚上穿的什么他记忆犹新，当时她穿着新娘的礼服，就像峡谷深处开放的一朵幽静的百合花。他向她表明自己的心意以前，她就明白他一定是在暗暗地喜欢着她的。不过当时她还是有点害怕，起初还和他保持距离。他又是那么热情似火，她哪里还有理由抗拒。她不敢叫他吻自己，一想到自己在被他这样抱着，她的心脏就怦怦乱跳。从前她还没有见识到真正的爱情，原来爱上一个人竟是这种奇妙的感觉。当尝到了爱情的滋味后，她才突然对瓦尔特对自己的爱情有所理解，有些同情他了。她开始时谨小慎微，怕太放肆会惹得汤森生气，不过后来，她竟发觉自己的担心完全是多余的，每当她奚落嘲笑他时，他反而越开心，一副很受用的样子。由此她领悟到了男女爱情关系的真意，她也试着用这种方式取笑瓦尔特，想知道他会如何反应。她最初也是有点怕伤害了瓦尔特，不想，他尽管不能全然接受，但也有些惊奇和高兴，只不过还是那么个老样子，让人扫兴。她娴熟地操控着瓦尔特对自己的痴心，就像竖琴师用手拨弄着琴弦。她感觉瓦尔特已经被她玩得有些不知所措时，她就会哈哈大笑。

不久，查理和她确定情人关系后，凯蒂就更觉得，她和瓦尔特的关系变得愈发地荒谬。她不想再看到他那副不苟言笑、阴郁的脸庞。好在最近，她的脑子里全是和查理的疯狂爱情，也就把瓦尔特给她的这些烦恼抛诸脑后了。她有时还会在心中为自己的不忠辩护，要不是瓦尔特不能满足她内心对爱的渴望，她又怎么会一认识汤森就疯狂地迷上他呢？她曾经也犹豫了很长一段时间，想知道是否应该投入汤森的怀抱。倒不是她不想去满足汤森的情欲，她自己何尝不是激情澎湃呢？可能是她一直以来的家教和仁义道德在作祟。他们的第一次结合出于偶然。心理上的无形压力让她以为，这个标志性的时刻一定会引起一些直接的身体变化。不想，当她偶然坐到镜前端详镜中的自己时，她惊奇地发现竟然是自己多心了，镜子里的人没有丝毫变化。

“你会生我的气吗？”汤森这么问她。

“我喜欢你。”她小声说道。

“我们浪费了那么多好时光，你不觉得很傻吗？”

“是我太傻。”

Chapter 16

爱情像个魔法师一样让凯蒂再次年轻。结婚之前，她的美貌已经在走下坡路，青春的活力和光彩就要随着时间蒸发。有些人残酷地做了预言，她的美貌就要像花儿一样凋谢了。然而，二十五岁的少妇和二十五岁的姑娘的差别还是巨大的。结婚之前，她这朵玫瑰花还像是花骨朵，边缘的花瓣有些萎黄了；结婚后，一夜之间，花朵突然完全开放了。她晶莹剔透的眼睛更加柔情似水。她引以为傲的皮肤，在她的百般呵护下，更加粉萌动人，你或许会把它比作桃子或鲜花，不过，更贴切的说法应该是反过来比喻。她又回到了十八岁那个魅力非凡的年纪。无疑，每个人无不在心中赞叹着她的风姿绰约，她的女友们都对她建议道，她应该抓紧要个孩子。那些说她也就鼻子有些长的女人们，此时也不得不承认自己的无知，一个个闭上了嘴。或许，正如查理第一次见她时说的那样——她的美无与伦比。

他对两人的私通安排得很巧妙。他说自己其实不在乎这种事，但为了她的安全，他不能冒险。他们很少有机会单独相处，他说自己感觉简直是“太少了”，他们一般是在那家古董店见面，有时午后在四下没人的时候他会去她的房子。不过她倒是经常看到他，在各种公众场合，在他假装一本正经地和她说话时，和对待其他人一样轻松愉悦，她心里总是在偷偷取笑他，觉得他真能装。她心想，谁能想到他几天前还充满激情地抱着她亲吻呢?

她对他可以说是一种崇拜。她喜欢看他脚蹬高筒靴子、身穿白色马裤的潇洒样子。而他穿上网球服时，她感觉他看着像个二十几岁的青年。他也很得意于自己的身材，小心翼翼地加以保持。他不吝时间参加体育活动，饮食上也颇多讲究，不吃土豆、面包或者黄油等容易让人发福的食物。对于双手他也妥善保护，定时修剪指甲，她说过喜欢他的手。他的运动成绩很不赖，去年得了当地网球比赛的第一名。他还是她见过的最高明的舞者，和他跳舞时，她感觉像在梦里。她不相信他已经四十岁，并且认为没人会相信。

“你顶多也就二十五岁。”她说。

他笑了起来，内心十分高兴。

“亲爱的，很高兴你能这么说，不过我确实不年轻了，儿子都十五岁了，再过几年也就成了不中用的老头子了。”

“你就是到了一百岁，也魅力四射。”

她尤其喜欢他的眉毛，黝黑、浓密，她认为正是他的眉毛让他的蓝眼睛充满神秘的柔情。

他拥有多种才艺，弹起钢琴来煞有介事，圆润的嗓音还能惟妙惟肖地演唱喜剧歌曲。她感觉简直没有他做不来的事情，在职场上他也是精明能干，他有时也乐意分享他这方面的事情，告诉她自己最近又处理了什么难缠的事情，总督还特别对他表示赞赏。

“不是我自己夸口，”他温柔地看着她，“部里恐怕没有谁能比我更能处理棘手的问题了。”

每当这时候，她是多么希望自己不是瓦尔特的妻子，而是他的妻子啊。

Chapter 17

到目前为止，瓦尔特好像还没发现什么蛛丝马迹，大家还是彼此相安无事。有时她不禁会想，要是告诉他是不是更好点，那样大家就都得以解脱了。刚开始和查理幽会时，她对这种偷偷摸摸的做法虽不情愿，但也无可奈何，为了能和查理在一起，也只能这样。一段时间后，她不再感到满足，她讨厌死了那道阻挡着他们的障碍。查理也对她说，他讨厌自己的地位，是它束缚了他们俩，让他们不得不小心谨慎。要是他俩能自由自在，不再为世事所缚，那该有多好。她完全明白他的意思，谁都不可能不在乎丑闻。况且，现实中的人在做一些重大决定时，总是会有些瞻前顾后。但是，要是自由自己找上门来，事情就变得简单了。

她确定自己和查理的结合不会让任何人受到伤害。查理和他妻子的关系她再清楚不过，他们之间根本没有丝毫爱情可言，那女人也冷漠异常，是长久的生活习惯和孩子还把他们捆绑在一起。或许，凯蒂要比查理难于抽身些，因为瓦尔特还爱着她，不过，要是真的离开他，也不用太为他操心，他应该不会想那么多，他会转身投入他烦琐的工作中，再说，男人还可以去俱乐部打发时间。刚开始他可能会受到些打击，不过不久就会彻底把她忘记。说不准，他不久就会找到一个喜欢他孤僻性格的好姑娘呢！查理还曾不解，她怎么就心甘情愿地嫁给了瓦尔特·费恩，好奇他是怎么把她追到手的。

她觉得自己真好笑，刚才自己还在为那个神秘的开门人而担心，此时却又差点笑出声来。想想门把手转动的情景还是心有余悸，不过，瓦尔特知道了不是更好吗？他能做些什么呢？她并不怕他。查理会挺身而出来保护她，他们会得到自由，从此过上幸福的生活。

她不得不承认，瓦尔特是个绅士。他要是真的还爱她，就应该表现出他的风度，结束他们的婚姻。他们的婚姻是个错误，不能一错再错，况且她已经找到了真正的爱情。她已经想好了要如何和瓦尔特说清楚，她不欠他什么，不需要内疚。如果再次见面，她会对他报以平和优雅的微笑，他们丝毫没有相互憎恨的理由。此后她依然会和他友好相处，他们依然是朋友。她希望他们一起度过的两年时光会给他留下美好的回忆。

凯蒂觉得多萝西·汤森和查理离婚应该不会有什么犹豫。如今她的小儿子打算回英格兰，她肯定乐意一起回去，她在香港无所事事，回英国后既可以陪儿子，又能待在父母身边。

事情的结局将皆大欢喜，不会有什么丑闻，本来就是这么简单。然后，她会成为查理的妻子。想到这里，凯蒂长长地舒了一口气。再也不用担惊受怕，幸福触手可及，上天好像都已安排好了。凯蒂看到了未来的幸福生活在向她招手，她和查理一起旅行度蜜月，开心地搬进漂亮的新房子，他不久就出任香港总督，自己成了他的贤内助。他更加为她着迷，她也为他骄傲。

不过，当她沉浸于自己的美好幻想无法自拔时，一种模糊的不祥预感又突然跳了出来。这种古怪的感觉，就像一支小提琴的乐曲拉得悠扬动听，而伴奏的钢琴却弹得有问题，时不时走调。她一想到将要和瓦尔特碰面就心跳加速，而他迟早会回来的。那天他除了拧了几下门，什么都没做，他的表现是那么奇怪。她了解他的性格，也没什么好怕的，他能做些什么呢？他就是个不称职的丈夫，她不断这么提醒自己。但不知怎么回事，她还是不知来由地心中不安。作为男人发现自己妻子在偷情，这难道不是最大的羞辱吗？她反反复复地思索，要怎么向瓦尔特解释才会让他好过一点？现在去争吵谁对谁错有意义吗？或许他的痛苦是真实的，但上帝做证，她真是身不由己，她没法爱他，她无能为力。再假装什么事都没发生吗？不，她要告诉他真相，她不想这么含含糊糊下去了。她希望瓦尔特能放手，瓦尔特早应该知道，他们的婚姻是个明显的错误。她虽不爱他，但不得不承认，他是个好人。

她这样默想了好一会儿，感觉已经说服了自己，可手心竟不知不觉出了冷汗。她还在害怕吗？这让她顿时有些恼怒。我才不怕他，他愿闹就闹，只要不怕别人瞧不起他。他就是个无能的老好人。每天，她都恨透了和他在一起时的虚情假意，从他们结婚那天开始，她就没真心爱过他，她为自己当初的愚蠢决定天天后悔。她厌恶他这个老古董，他不知道吗？他就是个平庸至极的人，干吗一副自命不凡的样子，他一点幽默感都没有，谁也没像他那样无聊透顶。他或许感觉自己的思想高人一等，但那才是最大的幻觉。他礼貌克制的绅士风度只让人浑身难受，如果一个人像他那样只对自己感兴趣的话，那做到克制又有什么难的呢？对他的亲吻她也感觉厌恶，对他的爱也是一样。他那么自以为是，凭什么呢？他的舞跳得糟糕至极，在开心的晚会上，他只会让大家扫兴，他不会弹奏乐器，他不会唱歌，他不会打马球，网球也打得差劲。他或许玩过桥牌，可桥牌又有什么稀奇。

凯蒂心中越想越气，几乎就要喊出声来。他来责备她好了，她不怕，她才是那个受害者。上帝保佑，让他知道事情是怎么一回事吧！她讨厌他，以后都不想见到他那张面无表情的脸。让这一切都结束吧！她只会万分感激。当初他为何要来纠缠她，让她感动去抱有无知的幻想？现在她体会到与查理的爱情，厌倦于这份虚假的感情。想到这里，她就不能再忍耐上一秒钟。

“我受够了。”她愤怒地喊了出来，声音都有些颤抖了，“受够啦！受够啦！”

她听到他将汽车停在了花园门口，然后他走上楼来。

Chapter 18

他进屋了。她的心怦怦直跳，双手略微有些颤抖，幸好身体斜靠在沙发里，手里还拿着一本打开的书，看着像是在阅读。他在门口站立了一会儿，一进屋，他们的目光一下子相遇了。她打了个寒战，心猛地一沉，一股凉意传遍了全身。他脸色惨白，这脸色只在他们在公园闲坐，他向她求婚时有过。他眼睛鼓胀着，直勾勾盯着前方，叫人捉摸不透。哦，他全知道了。

“今天怎么这么早回来？”她主动问道。

她紧张得说不出任何话，嘴唇不住地打战，要不是强打起精神，她一下子就会昏厥过去。

“我一直是现在回来。”

他说话的语气十分古怪，音调被压低了，尽管他想伪装得跟平时一样，可还是能听出他在刻意压抑自己的情绪。他是不是没注意到她瑟瑟发抖的双腿，她用尽全力才不让自己大喊出来。他慢慢地垂下了眼帘。

“我去换件衣服。”

他走出了房间。她再也支撑不住，瘫倒在沙发上。过了几分钟，她像个大病初愈的病人一样，试了几次才又起身站立住。她不知自己还能否走动，借着沙发和桌子跌跌撞撞摸回走廊，扶着墙壁才勉强回到自己的卧室。她穿上一件宽松的裙子，来到内客厅（只在举行宴会时，他们才会用到这里）。他站在桌子旁，浏览着简报上的照片。她鼓起勇气迈步进去。

“我们可以下去了吗？晚饭准备好了。”

“我让你久等了吧？”

真是糟糕透顶，她双唇还在不住地颤抖。他什么时候会谈起那件事呢？

他们坐了下来，彼此沉默了好一会儿。接着他开口了，通常这种古怪的氛围，总要有个人来打破僵局。

“我想皇后号肯定是遇到了风暴，所以今天还没有到港。”

“是该今天到吗？”

“对啊。”

她偷瞄了他一眼，他一直双眼直直地看着餐盘。接下来的话题是关于一场即将举行的网球公开赛，他说得慢条斯理，她心不在焉地听着。平时，他跟她说话亲切温和，语调抑扬顿挫，而今天就像机器人一样只有一个语调，古怪极了，他估计要兜一大圈，才肯讨论那件事。从她进屋起，他不是盯着盘子，就是盯着桌子或是墙上的画。她看得出他好似不敢正眼看着自己，她觉得他可能是没有勇气吧。

“我们去楼上，可以吗？”吃完晚饭后他说道。

“我不介意。”

凯蒂出门时，他站在一旁为她开门，让她先走。走过他身边时，她看到他的眼睛只是盯着地面。他们走到居室里，瓦尔特又拿起了那份《简报》。

“这份是新出的吗？这些我好像从未看过。”

“我不确定，好像是吧。”

那份报纸搁在那儿都两个星期了，她知道他看了不知多少遍了。他坐了下来，看起了那份报纸，她也坐下，拿起原先那本打开的书。要是平常，晚上只有他们两人时，他们会玩库恩坎牌或是佩兴斯牌。他靠在沙发上换了个舒服的姿势，仿佛在认真看报纸上的插画。他一直都没翻页。她手里虽然捧着书本，却看不进去，文字在她眼前就是模糊的一片，而且她头痛得要命。

他打算什么时候开口呢？他们彼此沉默，一个小时快过去了。她不想再假装看书了，把小说轻轻地放到腿上，抬起头呆呆地看着天花板。她一动不动，生怕弄出什么声响。他也一样，一副悠闲的神情，睁大眼睛认真地看着报纸上的插画。他安静得可怕，让她提心吊胆。凯蒂觉得他像一只伺机而动的野兽，随时可能扑过来。

忽然，他站了起来，凯蒂被吓了一跳。她立马握紧拳头，脸都变得煞白。是了，来吧！

“我还有些工作没做完。”他平静地说道，把目光转向一旁，“要是你不介意，我先去书房了。我觉得等我忙完，肯定你都睡着了。”

“今晚我确实有点累。”

“好，晚安。”

“晚安。”

他起身离开了起居室。

Chapter 19

次日清早，凯蒂找到机会，往汤森的办公室里打了电话。

“喂，你好，请问哪位？”

“我想见你。”

“哦，亲爱的，你知道的，我有公职在身，有时会很忙的。”

“事情很紧急。我能去你办公室找你吗？”

“不，不要，我要是你绝不会这么鲁莽。”

“那好吧，你来我这儿也好。”

“现在我真走不开，今天下午如何？另外，最近这段时间去你家里有些太冒险了，你觉得呢？”

“我必须立马见到你。”

他一时沉默，她担心电话会被挂断。

“你正在听吗？”她焦急地问道。

“在听呢，你叫我想一想呀。发生什么事情了吗？”

“电话里也说不明白。”

他又陷入沉默，过了一会儿，终于开口。

“好吧，凯蒂。你听着，下午一点左右我有十分钟时间去见你。你在顾舟的店里等我，这边事情忙完，我立刻赶过去。”

“又是那家古董店吗？”她失望地说道。

“是呀，在香港饭店的客厅里见面就太傻了。”他答道。

她察觉出他语气里的不耐烦。

“好吧，就去顾舟的店里。”

Chapter 20

她在维多利亚大街下了黄包车，沿着陡峭狭窄的胡同向上走去，来到一家古玩店门口。她在店铺的摊位旁来回走动了几下，装作是被某件古玩所吸引。店门口的伙计一下子认出了她，朝她投来亲切的微笑，扭头向店门里吆喝了几声。听见动静，一个身穿黑色大褂的小个子中国老板走了出来，招呼她进店，她连忙上前进了门。

“汤森先生还没来。您先去楼上休息一下？”

她走到商店后面，沿着漆黑一片、摇摇晃晃的楼梯上了楼。中国老板跟在她后面，他们都上去后，他打开了卧室的房门，房间很闷热，充满了一股呛鼻的鸦片烟的气味。她在一个檀木箱子上坐下。

不一会儿，楼梯吱吱呀呀响起，伴随着几声沉重的脚步声。汤森走了进来，随手关上了门。他进门时，脸色阴郁，可一面对凯蒂，又露出他招牌般的迷人笑容。他一把搂住凯蒂，贪婪地吻着她的嘴唇。

“快说说你怎么了？”

“我只是想见见你。”她微笑着说。

他起身坐到床上，点燃了一支烟。

“今天上午你的脸色看起来有些苍白。”

“是啊！”她答道，“昨天晚上我都没怎么合眼。”

他看了她一眼。他仍旧在微笑，可笑容里有了一些假装的成分。她看得出，他的眼神有点焦急。

“他知道了。”她说道。

“他说了什么？”他沉默一阵后问道。

“他什么也没说。”

“什么？”他直勾勾地盯着她，“那你怎么说他都知道了？”

“不难看出来。他的神情，他吃晚饭时说话的方式。”

“他对你大吵大闹了？”

“没有，正好相反，他表现得很平静。可是这是我们结婚后，

他第一次互道晚安时没吻我。”

她低下了头。不知道查理能不能理解她的意思。通常，瓦尔特会抱紧她，给她一个长长的吻，那时的他会表现得热情而温柔。

“你知道他为什么不发作吗？”

“我不知道。”

他们陷入了沉默。凯蒂静静地坐着，焦急地望着汤森。他眉头紧蹙，脸色再次变得阴沉，嘴角也轻撇着。但是，他突然抬起了头，眼里闪着狡黠的光芒，露出兴奋的神色。

“我觉得他这是在向你表明他的态度。”

她没有说话，不知道汤森在说什么。

“毕竟，遇到这种事，装糊涂的男人也不在少数。为此大打出手有什么好处呢？要是他想大闹一场的话，那天就会发神经似的冲进你的房间了。”他双眼发光，咧开嘴笑了，“当时的我们看起来真像两个实足的傻瓜。”

“你要是看到他昨晚的脸色就好了。”

“我想象得出，他一定很难过。对男人来说，这确实是个不小的打击。他看起来是个木讷的家伙。瓦尔特给我的印象是，他绝不是那种愿意四处张扬自己丑闻的人。”

“我也觉得他不是，”她若有所思地说，“他这人心眼儿很小，这点我早就知道。”

“那对我们也没坏处。你不妨设想，自己要是他，下一步会怎么办，那样你就明白了。这种事没声张前，自保颜面的唯一办法就是当作什么事都没发生，而且，我打赌他也会这么做的。”

汤森越说越觉得自己有道理。他的蓝色眼睛闪闪发光，又恢复了平时的神采，显得非常自信。

“老实说，我并不想贬低瓦尔特，不过实话实说，他只是一个为政府工作的细菌学家，并不是什么大人物。等西蒙斯卸任，很有可能是我来接任，要是瓦尔特无缘无故地得罪了我，他未来的事业也会受影响。他跟我们一样，得为自己的前途考量。在这片土地闹了丑闻的人还有什么颜面再继续待下去？我这么说吧，要是他闭口不提，大家都好过，要是他非要揪着不放，那他可要想清楚后果。”

凯蒂听得有些入神，僵硬地活动了下身体。她知道瓦尔特很腼腆，不希望成为众人的焦点，尤其是用这种方式，这些道理他也明白，但他绝不会考虑生计这些物质上的得失。她可能不是很理解瓦尔特，但查理则是一点都不了解他。

“你真觉得瓦尔特那么如痴如狂地爱着我吗？”

他没回答，只是用狡黠的眼睛看着她，露出了开心的笑容。她似乎读懂了他的表情，正是这邪魅又温柔的表情叫她深深迷恋。

“说吧，你怎么看？我又想听你说那些风凉话了。”

“哦，你觉得是怎样？女人总会觉得男人疯狂地爱着她们，其实真是那样子吗？”

她开心得大笑起来。他的自信让他魅力无穷。

“干吗这么残忍？”

“瓦尔特爱不爱你，当下我可不想知道得那么详细，也许他已经不像以前那么爱你了。”

“别的我不确定，说你会为了爱我放弃一切，打死我都不信。”她故意撒娇似的说道。

“这点你看错我了。”

天哪！听到这一句话她简直觉得受什么苦都无所谓了。她知道他会这么说，而且她相信他说的话，这让她心里既踏实又甜蜜。说罢他从床边站起，走过去，用手揽住她的腰，跟她一起坐在檀木柜子上。

“别再胡思乱想了，”他说，“我向你保证，有我在你什么都不用害怕。我确定他会装作什么都没发生。你知道，这很难立马证明。你说他是那么爱你，也许他只是不能完全失去你。我发誓，如果你是我妻子，我什么都可以接受，唯一一条就是我不能彻底地失去你。”

她依偎在他肩上，轻轻倒进了他的怀里。她对查理的爱真是种折磨。他最后说的那句话还是震惊到了她：也许瓦尔特真如他所说，疯狂地爱着她，只要她不彻底地离他而去，不管是以多么耻辱的方式，他都愿意忍气吞声。她能理解这种感觉，因为她对查理也是这样。一阵骄傲的感觉涌遍全身，同时，她又隐隐地瞧不起瓦尔特，他对别人的爱真是太卑微了！

她情意绵绵地搂住了查理的脖子。

“有你真好。我来时还特别害怕，现在一点也不会了。”

他捧住她的脸颊，轻轻地吻了她的嘴唇。

“小可爱！”

“有你陪我，我什么都不害怕了。”她说道。

“我非常确定地向你保证，你不用紧张，只相信我就行。我永远站在你这一边。”

她忘记了慌张，不过，她又没来由地觉得有点遗憾，心底那美好的愿景好像不能实现了。现在一切危险都解除了，她倒真希望瓦尔特能提出和她离婚。

“我知道，你不会辜负我的真心。”她说。

“这还用怀疑？”

“你该回去吃午饭了吧？”

“什么午饭？让他们通通见鬼去吧！”

他把她拥入怀中，紧紧地抱住，寻着她的嘴唇。

“哦，查理，别乱来。”

“我不会松开的。”

她开心地大笑，笑声里充满了爱情的甜蜜和骄傲。他激情满满，把她整个抱到床边，她挣脱不了，他把胸膛压向了她。他把门栓关上了。

Chapter 21

一整个下午的时间，凯蒂都在想着查理是如何评价瓦尔特的。

他们当天要去参加一个宴会，她此刻正在梳妆打扮，瓦尔特从外面回来了，他敲了敲门。

“请进。”

他并没有开门。

“我直接去换衣服了。你还要很久吗？”

“十分钟。”

他没再说什么，径直回了自己的房间。他的嗓音跟昨晚一样，异样地低沉。她此时颇有信心，他下楼时，她已在车里等候了。

“让你久等了。”他说。

“没什么。”她微笑着回道。

他们坐车下山，期间她故意找他说话，他只简单地应付一两句。她耸耸肩膀，逐渐失去了耐心：要是他还是生气，不愿意同她讲话，她其实一点也不在乎。后来的一路上，他们没再说一句话，就这样到了宴会地址。这是个很大的宴会，来了很多人，菜式也很丰富。凯蒂一边跟邻座聊着天，一边偷偷观察瓦尔特的反应。他满脸愁容，面沉似水。

“你丈夫看起来有些疲惫。一定是不太适应这里炎热的天气。他工作一定很辛苦吧？”

“他工作总是很忙。”

“我看得出，你这是正准备去国外度假吧？”

“呀！你怎么知道，我想我会去日本，去年就是在那里度假的。”她说，“医生说我如果不想被热出毛病，就得暂时离开这个酷热的地方。”

往常他们去外面吃饭，瓦尔特会时不时地望着她笑笑，可今天他始终都紧绷着脸。她发觉，他上车时，眼神也是避开了她；他们到达目的地后，他出于礼貌伸手扶她下车，也没正视她。在餐桌上，旁边的女士和他打招呼，他也不怎么爱回话，从没有露出笑容，眼神也怪怪的。他的眼睛睁得大大的，被煞白的脸衬托得格外吓人，叫人感到一阵寒意。他一直板着脸，看上去无比严肃。

“他可真是个有趣的丈夫啊。”凯蒂在心中冷笑。

几位可怜的女士正努力地想勾起这位戴着冷酷面具的男士的谈话兴致。凯蒂觉得这场面可笑极了。

显而易见，他什么都知道了。这再清楚不过，另外他应该恨透了她。但是他为什么一言不发呢？难不成真是因为他深深爱着她，害怕她会离开，所以无论多么生气，他都愿意忍耐吗？要真是那样，她真是越发地瞧不起他了，不过她还得和颜悦色，毕竟那是她丈夫，是他给自己提供衣食住行的一切，只要他不干涉她的自由，让她做自己喜欢做的事，她也不会太过分。换个角度解读，他之所以一直保持沉默，也许只是因为天生怯懦。查理说瓦尔特比谁都害怕公布他这件不光彩的事，这一点好像说得很对。他曾经跟她说过一件事，他被法庭传召，为一个案子提供医学证词，他有一周时间都没睡好觉。他太腼腆了，这简直是一种心理疾病。

另外，男人绝不肯如此丢了面子，这件事只要不声张出去，他也一定愿意只字不提。同时，她又想到查理说的，瓦尔特知道要怎样才能保住自己的前途，那些话看来也都是对的。查理是殖民地最受爱戴的人，不久就会出任布政司，瓦尔特还得同他交好。要是他下定决心报复查理，他什么好处也得不到的。凯蒂一想到自己的情人有如此的权力，为了得到自己有如此胆量和魄力，心中就无比开心。当他宽阔有力的臂弯搂住她时，她感到无比激动兴奋。男人真是难以琢磨：看见瓦尔特，无论如何也不像是个卑劣怯懦的小人。不过这次她愿意承认自己的无知，或许他只是外表严肃的伪君子，他不多说话只是为了不让人看出他虚伪狡诈的本性。她越想越觉得查理有见识，又轻蔑地看了瓦尔特一眼，她不会宽恕这么一个卑劣胆小的男人，即便他爱着自己。

他身旁的几个女人正聊得起劲，也没人再去注意他。瓦尔特只是直直地盯着前方，完全忘记了周围人的存在，眼神中流露出无尽的落寞和悲伤。他的表情叫凯蒂难以理解。

Chapter 22

第二天，她吃完午饭后在自己的房间睡着了，忽然有敲门声。

“谁？”她有些不耐烦地问道。

以前这个时间没人会来打扰她。

“是我。”

一听就是瓦尔特的声音，她连忙坐起身来。

“进来吧。”

“我打扰到你了吧？”他一边问道，一边轻轻带上门。

“确实如此。”她还像往常一样回答道。

“凯蒂，我想和你谈谈，去隔壁房间好吗？我在那儿等你。”

她不禁有些紧张，心脏也猛地一收。

“让我穿件外套。”

他出去了。她先是愣了一下，好一会儿才回过神来，接着，穿上了旁边的拖鞋和外套。当她走到镜子跟前坐下时，看见自己脸色有些苍白，就胡乱涂了些口红。她在门前踟蹰了一会儿，把自己从昨天到今天的各种思考又过了一遍，下定决心后，从容地走进了瓦尔特的房间。

“这会儿能看见你真是稀奇，往常这个时候你不是应该在实验室吗？”她说道。

“你为什么不坐下呢？”

他低头侧身坐在沙发上，眼睛没有看向她，所以她看不见他的表情。这场景她在脑海里演绎过无数次了，她的膝盖还是有些抖动，她是想坐下来着，好让自己不用这样勉强支撑。她没回话，因为发现自己已经不能再保持一种自然诙谐的语气了。他走过来坐到她旁边，点燃了一根烟。他也一直左顾右盼，也不知如何开口。

他突然转过身望向她。她有些猝不及防，他们好久没有这么认真地面对彼此，尤其是在眼前尴尬的情况下。

“你听说过湄潭府吗？”他问道，“这两天报纸上有很多那

里的报道。”

“那里暴发了五十年来最严重的一场瘟疫，死了很多人。原来的教会医生前两天因霍乱去世了，不能没人过去接手。那里急需人手，除了一个法国的女修道院和一些海关的人，其他的人都撤走了。”

他就这么不由分说地凝视着她，让她不好意思把视线移向别处。她想从他的表情里读出点什么，可除了他少见的严峻之外，别无其他。他是受了什么刺激，竟敢这么眼也不眨一下地看着她。

“修道院已经改成临时医院，修女们已经竭尽其能，可人们还是像苍蝇一样纷纷死去。我不能坐视不理，我已经申请去那里。”

“你？”

她十分惊讶他回来就为了说这些。后来想到他这么走了，那她不就自由了吗？她可以不用担惊受怕，没人再阻碍她和查理。不过，她的脸一下又红了，她怎会有这些吓人的念头，他为何还那样看着她？她不觉有些羞愧。

“为什么你……要去？”她有些结巴地问。

“那里不能没有一个外国医生。”

“可你也不是医生啊，是个细菌学家。”

“你忘了我是一个医学博士吗？我专门研究细菌前，就在医院里做过两年医生。我研究细菌，这次的疫情，我认为更是难得的研究机会。”

他从没这样几乎有些粗鲁地和她说话。她看了他一眼，不难从他的眼神中读出嘲弄。

“你不知道这样你很容易送命吗？”

“送命？”

他微笑了一下，被她的关心逗乐了。她不安地抚摸一下额头，心想他这么做无异于自杀。她没想到他竟会使出这么一招。她不爱他并不是她的错，他为什么要拿自己的生命开玩笑。把轻视自己的生命当成勇敢，这太残酷了，想到这里，她轻声哭了起来。

“你哭什么？”他冷淡地问道。

“是什么人逼你去的吗？”

“不是，是我自己想去。”

“别去，瓦尔特，求你别去。要是有什么意外，要是你死在那儿怎么办？”

他的脸依旧冷漠，而眼神里的讥讽却更浓了些，根本没回她的话。

“那个地方在哪？”

“你说湄潭府？西江的一条支流刚好穿过它。我们先坐船，沿着西江向上走，而后再改坐轿子。”

“我们？”

“你和我。”

她忙不迭地望向他，怀疑自己是不是听错了。而他绝不像在说笑，嘴角的嘲讽还未散去，他的黑色眼珠也在望着她。

“你希望我和你一起去？”

“我想你一定愿意，对吧？”

她没想到他会是这个意思，知道他真实的目的后，她惊讶得呼吸都有些急促了。

“那不是一个女士该待的地方。我知道那个传教会医生早把他的妻子接离那里，我在最近的茶会上看到过她。”

“那里还有五个修女。”

她更加吃惊于他的回答。

“我不明白你是什么意思。我去那儿一定会疯掉的。你难道不知道我的身子是多么弱不禁风吗？赫华德医生一直建议我离开香港避暑。这里的炎热已经叫人难以忍受了，更别提那个闹霍乱的地方了。听一听我都怕得要命，去那儿就更是天方夜谭，我不会跟你去，我会死在那儿的。”

他又不发一言。她望着他，难以名状的恐惧让她随时都可能哭出声来。他面如死灰，让她更加不知所措。从他的脸上只看到了嘲笑和冷淡。她想明白了，他就是要害死她，于是她愤怒地叫喊道：“你玩够了没有？要是你愿意去，我不拦着你，那是你自己的事。你别拉上我好吗？我厌恶肮脏的疾病，尤其是可怕的传染病。我不会羞于承认我怕这些怕得要死，我不想赔上性命。我只会待在这儿，我哪儿也不去。”

“我准备去时，还以为你肯定会愿意陪着我去呢。”

他说话的口吻那么轻松自在，让她有些糊涂，他到底是当真的，还是仅仅想吓她，好让她表现出各种丑态。

“那个地方和我毫无关系，而且我去了也帮不上什么忙。我不去那里，我想谁也不会怪我。”

“谁说的，你会帮上大忙的，你能鼓励我，更能安慰我。”

她听到这里，脸色惊得有些惨白了。

“我不明白你是什么意思。”

“这很难理解吗？”

“我不会去的，瓦尔特，你强迫我去实在是太荒唐了。”

“要是这样，我也不会去了。我这就收回我的申请。”

Chapter 23

她更不知就里，他究竟什么意思？他的话越来越不着边际，他究竟要干什么？

“你究竟要我怎样？”她哽咽着问道。

尽管知道自己这是明知故问。可当她看到他冷峻的脸时，实在不知说些什么。

“你还在把我当作傻瓜吗？”

她一时语塞。她该说些什么呢？怎么坦然地承认自己是那种不知廉耻的女人，怎么大方地同他争辩，她没什么错，只是她太草率就答应嫁给他，都怪他的脾气和不懂风情，可他又对她很好，要怎么解释。他还是冷冷地望着她，她的心思早被他看穿。

“关于你们的事，我有了足够的证据。”

她哭了起来，泪珠痛痛快快地从她妩媚的脸上滚落下来。她也不去把泪水擦一擦，这两天的煎熬就在这一刻爆发了。她是那么胸无城府，不知在哭声的掩护下想好怎么反击，她大脑里一片空白。他对她的眼泪也无动于衷，她惊讶于他的绝情。

“哭并不能解决什么，这你知道。”

他的话没有丝毫温度，这倒让她有些愤慨起来。她又恢复了些底气说话。

“我才不在乎，我想要是我提出离婚，你肯定不会反对，对吧？对一个男人，离婚也只是桩小事。”

“我想问一句，你为何就肯定我会愿意？”

“我们的婚姻是什么样子你不清楚吗？结束它对你也是种解脱，不是吗？”

“我想知道离婚后你靠谁生活？”

“你这么说什么意思？”

“汤森要娶你，就要休掉他老婆，可这事，我看几乎是不可能的。”

“你胡说，他爱我胜过一切。”她生气地吼道。

“你真是个笨蛋，真是傻得可爱。”

她听到他对自己的揶揄，顿时火冒三丈。以前她生气时，他总是甜言蜜语、唯唯诺诺地哄着她，哪里敢顶上一句嘴。她真有些不适应他现在的说话态度。

“你不用为我操心。汤森他迫不及待想要和我结婚呢！多萝西·汤森也会知趣地离开他，她知道汤森不爱她。”

“这是你的一厢情愿，还是他真就对你这么承诺过？”

瓦尔特说话的口气充满毫不留情的挖苦。凯蒂也开始有些不安，不确定查理是否亲口对她说过，一定会和她结婚。

“他不知说过多少次了。”

“你看不出他在说谎吗？”

“他一往情深地爱着我，正像我爱他那样。你承认也好，不承认也罢，我们深深地爱着彼此。我们是一见钟情，在一起也已经有一年了。他在我身边我就很快乐，是你没法比的。要不是你，我们也不用这么担惊受怕、偷偷摸摸。我嫁给你，才是最大的错误，才是我傻。我一点也不喜欢你，我们之间没有一点感情。你喜欢的那些人都让我感到无聊，你感兴趣的那些事也让我觉得无趣。好在，这一切现在就要结束了！”

他还是盯着她，没有任何动作，好像这话他早知道似的。他虽然在那里认真地听，脸上的表情却丝毫未改，像个木头人。

“你知道我为什么嫁给你吗？”

“因为你不想落在你妹妹后边。”

他说得没错，讽刺的是，这倒让凯蒂吃了一惊。她原来还在为自己把秘密告诉他而沾沾自喜，现在才知道自己真是想多了，他早知道一切，只是自己没发觉而已。那他为什么还宠着她呢，想来想去，凯蒂竟有些同情他了。

他微微一笑说道：“我本来就对你没抱幻想。我知道你愚昧、

轻佻，可是我爱你；我知道你庸俗、势利，可是我爱你；我知道你平庸、浅薄，可是我爱你。凡是你热衷的事物，无论多么无聊可笑，我都会竭尽全力去适应；我知道你理解不了什么是聪明才智，所以就处处小心，尽量表现得和你的其他愚蠢朋友一模一样，甘心情愿地做个傻瓜；我知道你是因为一己私利才愿意嫁给我，但是我并不在乎这些，因为我爱你。据我所知，人们爱上一个人却得不到那人同样的报答时，就会伤心和失落，甚至会变得愤怒和尖刻，但是我不会那样，我不是那样的人。我从未要求你爱上我，我没有任何理由要求你爱我，我也不认为自己有什么可爱的地方。我只要你允许我爱你，那样我就无比感激。每当我知道自己让你有着一点点愉悦，从你眼中看到一点点对我的柔情时，我就狂喜不已。我尽量让自己对你的爱维持在一个不会引起你厌烦的范围，一旦你眼中流露出一点不耐烦，我就会改变爱你的方式。大多数丈夫认为妻子理应办到的事情，我却把它看作一种恩惠。”

凯蒂从小被别人捧在手心儿里，听到的也多半是奉承她的好话，哪里受过这样的奚落，此刻只有一种感觉，他这完全是胡说八道。刚才的恐惧早已消失得无影无踪，心头冒出一股无名怒火，哽在喉咙，头上的青筋都显现出来了，只听到太阳穴那儿嗡嗡作响。虚荣心被戳穿的女人，比失去幼崽的母狮子还要想找人拼命。凯蒂原本白皙的脸此刻涨得通红，原本明亮的眼睛感觉有些发黑。但是她还是想努力克制自己。

“如果一个男人无法博得一个女人的欢心，我想没人会怪那个女人，而是那个男人的错。”

“你说得对。”

他的语调里充满冷漠和挖苦，让她更加生气。不过，她明白越是这样越要沉住气，保持冷静才对自己有利。

“我不是个知识渊博的女人，也没什么聪明才智，我只是普通的年轻女人。从小到大，陪我的人喜欢什么，我就会喜欢什么。我喜欢打扮得漂漂亮亮，然后去参加舞会，去看戏，去打网球。我喜欢别人称赞我的年轻美貌，除了这些我都不知道什么能让我高兴。我还钟情于喜欢运动的男人。这些在你眼里的无聊把戏，对于我，却重要至极。我理解不了你所谓的深邃和高雅，像是威尼斯画廊里那些画作，沉静得无聊乏味，让人昏昏欲睡。我想那些不会比在一场热闹舞会上的说说笑笑更有趣。”

“可以理解。”

“对于你的失望，我很遗憾。而我也渐渐发现你是那种没法让人亲近的人。对此，你不能指责我，我也无能为力。”

“你说得很对。”

如果瓦尔特此刻恼羞成怒，凯蒂要扭转局势就易如反掌了，可他一直保持冷静克制，真是见了鬼。这时她比以往都更加恨他了。

“你觉得，你还算是男人吗？那天，明知道房间里是我和查理，你为什么不冲进来给他两拳？你怕了吗？”

这句话刚说完，她的脸唰的一下就红了，她竟这么大方地承

认她和查理在房间里干的那些事情了。他先是一言不发，只冷冰冰地看着她，眼里的鄙夷更浓重了些，接着只是微笑了一下。

“这或许是出于一种古老的品格，我因高傲不屑于用武力处理这种事。”

凯蒂无言以对，只能无奈地耸耸肩膀。他还是死死盯着她，而后说道：

“我想我要说的也就这些了，如果你不愿去湄潭府，我将撤回我的申请。”

“你为什么不肯和我离婚？”

听到这句话，他的目光终于从她身上挪开了。他斜倚在椅子上，点燃了一根烟，不再说话，一直把烟抽完。而后，他轻轻地扔掉烟蒂，微微一笑，眼光又落到凯蒂身上。

“如果汤森夫人向我表明她将与丈夫离婚，并且，汤森愿意在两份离婚协议签署后两星期内娶你，我会很高兴地同意。”

他的要求并不苛刻，倒是她隐隐地有些担心。但是，话已经说到这里，自尊心让她没有选择的余地，她只能接下挑战。

“你很有君子风范，瓦尔特。”

让她没有想到的是，瓦尔特突然哈哈大笑起来。她恼怒不已，脸都红了，质问他道：

“你笑什么？我没觉得有什么地方好笑。”

“哦，没什么，只是我的幽默感有些异于常人。”

她眉头紧锁，质问似的望向他，想看出他究竟在耍什么花招。

但是，她什么也看不出来。他拿出手表看了下时间。

“要是你去找汤森的话，你得抓紧时间了。要是你决定和我去湄潭府，后天就得出发。”

“你的意思是，我今天就得告诉他？”

“时光不等人，不是吗？”

她的心开始怦怦乱跳，那感觉不知是不安还是憧憬，总叫她心神不宁。她原本想，时间会很充裕，查理也好做些准备。不过，她又有什么好担心的，她还不了解查理吗？这世上没人比查理更爱她了。查理一定在等着她，她对他的怀疑才是对他最大的背叛。她从容地转过头，对瓦尔特说道：“你从来都不知道真正的爱情是什么样子。你想象不出，我跟查理是多么相爱。要是在爱情面前有所牺牲的话，我和他都会毫无怨言。”

他没再说话，微微站直身子，朝她鞠了一躬，她没心情回礼，只迈着从容又焦躁的步伐走出了房间。

Chapter 24

她写了一个字条：“有急事，请与我当面商议。”带着它，她来到汤森的办公室外。一个中国男孩进办公室给凯蒂传话，一会儿，他从里面出来了，说让她再等五分钟。她正紧张着，就被请进汤森的办公室。他殷切地同她握手，男孩出去后，他就把门关上了，屋子里就剩他们两个人时，他微笑的脸顿时变得严肃起来。

“亲爱的，你怎么这个点来找我呢？这是工作时间，我还有许多工作要处理，再说，你现在过来，别人也会猜疑。”

她明媚的眼睛注视了他一会儿，她想微笑一下，可嘴唇就是不听话，怎么都笑不出来。

“我有急事，我必须见你。”

他恢复了和蔼可亲的笑容，拉过了她的胳膊说道：“好吧，既然你已经来了，你先坐下吧。”

房间里没有什么装饰，也不宽敞，不过倒也干净，让人印象深刻的是这房间的屋顶比一般的房子要高，墙壁上绘制了两道赤陶土绘制的简单图案。屋内仅有的是汤森的办公桌、后边的一个转椅，还有他对面的一张皮质沙发。凯蒂一坐到那里，就浑身不自在。汤森戴了一副眼镜，身体靠在办公桌上面向她，她第一次见到他戴眼镜，以前她不知道他还需要戴眼镜。她感觉眼前的汤森十分陌生，注意力全在他的眼镜上。他或许发觉了，就摘下了眼镜说道：“只在看书的时候，我才会戴上眼镜。”

忽然，她的眼泪一下子流了出来，她也不明白为什么要哭。她不是要激起他的同情心，她就是想哭。

他不解地望向她，问道：“哦，亲爱的，出什么事了？别哭了。”

她用手帕擦了擦眼泪，好让自己不再抽泣。他按了电铃叫男孩过来，然后走了出去，在门外轻轻带上了房门。男孩走了过来，他轻声交代道：“一会儿有人找我，就说我出去了。”

“知道了，先生。”

查理又走了进来，坐在沙发的扶手上，伸出手臂搂住了凯蒂。

“好了，宝贝儿，告诉我发生什么事了？”

“瓦尔特要和我离婚。”她说道。

她能感觉到他搂着她的胳膊松开了一下。听到这句话后，他的身体有些僵硬。屋子里一下子安静下来，好一会儿，查理从沙发的扶手上起身，坐到了自己的转椅上。

“你能再说清楚一点吗？”他问道。

他的声音有些阴沉，她不经意间看到他时，发觉他的脸色有些发红。

“他向我闹了一场，我是直接从家里过来的。他说他手里有足够的证据。”

“你什么都没承认吧？”

她的心突然沉了一下。

“还没有。”她答道。

“你真的没有承认吗？”他盯着她继续问道。

“真的。”她说道。

他靠紧椅背，若有所思地望着对面墙上的一张中国地图。她有些焦急地凝视着他，想知道他有何打算。她开始以为，查理会直接把她搂在怀里，然后告诉她，他听到这消息实在太开心了，他们终于可以名正言顺地在一起了。可他为什么一言不发呢？他的态度也很奇怪。她还是不死心，心想如今也别无他法了，只好

一直在那儿轻轻哭泣。

“事情不是很乐观，我们不能自乱阵脚。哭解决不了什么，你知道吗？”他沉默许久后开口道。

她能看出他有些生气了，于是强忍哭泣说道：“查理，我不是故意要哭的，我真不知道该怎么办。”

“我当然理解你的处境，亲爱的。我不怪你，要怪也是我们的运气不好。不过，当务之急是得先稳住瓦尔特，叫他别乱来，要不然就一发不可收拾了。我知道你也绝对不想离婚，对吧？”

听到这里，她的心凉了一截。不过，还是目不转睛地盯着他，可他的心思完全不在她这里。

“我想他所谓的证据肯定是虚张声势而已。他很难证明当时我们都在屋内，对吧？因为他并未亲眼看到，而且古董店的老头儿也绝不敢出卖咱们，那他会有什么确凿的证据呢？”

他在那自说自话起来，完全忽略了身边的凯蒂。

“要是他要上法庭，那也随便他，我们奉陪到底就是。污蔑别人容易，可要是没证据，没人会听他胡说八道。”

“查理，必须要去法庭吗？”

“为什么不呢？只要我们矢口否认，谅他也没办法，不用怕。我也不想闹到法庭上，只怕他不肯善罢甘休的。”

“那我们为何非要否认呢？”

“呃，这个嘛，你不懂。事情都是牵一发而动全身，要是承认了，我们就会处处落于下风，没人会同情和帮助我们。你听我的，要是真的闹僵了，请你现在就着手准备吧！”

他突然想起来什么，走到凯蒂身边，俯下身把她轻轻抱在臂弯，脸上浮现出和蔼亲切的笑容，一改冰冷的语调柔声说道：“你吓坏了吧，我的小可怜。事情也不算一团糟，对不对？有我在呢！你不用害怕。只要你听我的，什么危机都能化险为夷。最重要的是头脑要保持冷静，我什么时候让你失望过呢？”

“我一点也不怕，他想怎样都行，我才不在乎。”

他勉强地笑了笑，听凯蒂这么说，显得有些尴尬。

“要是事情真闹得不可开交，我只能求助于总督大人。他起初肯定会臭骂我一顿，但我跟随他多年，他总不会见死不救的。他从政多年，见多识广，这点小小风浪总能帮我渡过难关。再说，要是我闹出什么丑闻，他的面子也不好看。”

“他会怎么办？”凯蒂好奇地问道。

“我想他会给瓦尔特施加压力吧，瓦尔特要是还想不明白，总督大人会让他明白什么叫作权力。”

凯蒂听完，立刻知道查理还是没明白她的意思，这让她焦急万分。他还想用小聪明解决一切，而她要的并不是这些。都怪这个诡异的办公室，刚走进来时，她就后悔不已，这里让她怯手怯脚，她没法放松下来，要是她温柔地一下倒在他的怀里，他什么都会答应的，而现在，她就没法把自己的想法尽情地讲出来了。想到这些，她想把查理拉回来，于是连忙说道：“你不了解瓦尔特。”

“我想男人总不会不考虑现实利益的吧！”

尽管她全心全意爱着查理，可他此刻和自己总不在一个频率，所以越发着急起来。

“我想你可能低估了他的愤怒，你没见过他那张脸，还有他可怕的眼神。”

他严肃地沉吟片刻后，又面带微笑地瞧着她。她能猜到他的想法，瓦尔特只是个细菌学家，没有什么大的权力，又能拿政府高官怎么样呢？

“别自欺欺人了，查理，要是瓦尔特一定要上法庭呢？我们的名誉就一定一点也不受影响吗？”

他的脸色一下子阴沉起来。

“他就是想让我难堪喽？”

“刚开始是的。后来我和他谈判后，他终于同意跟我离婚。”

“哦，看来事实上没那么糟。”他的表情松弛了一下，眼神也不再那么紧张，“看来，他也并不完全是傻子，男子汉处世总不能只意气用事，总得给自己留些台阶。”

“但是他有一个要求。”

他询问似的望向她，心中已经猜到他想要什么，于是问道：“他想要多少？我虽不算是有钱人，可只要他开的价钱合理，我会尽量满足。”

凯蒂不知说什么好。她想不通查理为什么会说这些，而且他的话让她没法回答。她真想念以前的查理，以前的他们总是心有灵犀，她不要再躲躲闪闪，于是直接开口说道：“他愿意和我离婚，条件是多萝西也同时和你离婚。”

“还有吗？”

她有些难以开口。

“哦，查理，他的要求很奇怪，他只在你承诺与多萝西离婚后一星期内娶我的前提下才会同我离婚。”

Chapter 25

他沉默许久后，终于微笑着重新拉过她的手，轻轻地握着说道：“凯蒂，宝贝，你不觉得，我们把多萝西也扯进来很不合适吗？”

她有些不相信自己的耳朵了。

“但是，我一直以为你根本不爱她。”

“凯蒂，你知道吗？有时候我们不能活得太自私。我是不再爱她，我和她之间虽没有什么感情，可我们之间的一些东西，分量也同样重，我没法忽略它们。真的，我愿意和你结婚，但这却又是不可能的。我了解多萝西，她绝不会同意离婚的。”

凯蒂听到这里害怕得哭了起来。他坐在沙发边上，轻轻抚摸她的头发，柔声安慰道：“别再为这些事烦心了好吗？亲爱的。你和我都必须时刻保持清醒。”

“你不爱我了吗？”

“我当然爱你。”他轻声说道，“我对你的爱，我不许你有丝毫怀疑。”

“要是你不离婚，瓦尔特会让你身败名裂的。”

他沉默良久，然后，用沙哑疲惫的语调说道：“可能吧，我的前途会毁于一旦。可我更担心你，你怎么能承担如此的伤害呢？事情要是不可收拾，我只能把一切一五一十地告诉多萝西。她会非常伤心，可是我觉得她会原谅我的，她会明白我绝无意伤害她。”他突然想到一个好主意：“这个时候，还不是什么坏事也没发生吗？你去找瓦尔特好好谈一谈，何必闹得鱼死网破呢？息事宁人才是最好的选择。”

“那你就是不打算和她离婚了？”

“我当然想啊，可我总得为我的孩子考虑。况且，多萝西其实也并没什么大的罪过，我也不想让她伤心。她是个好妻子，把孩子教育得很好，我们相处得还算融洽，这点你应该知道。”

“我记得你说过她没有一点魅力。”

“她并不是个有魅力的女人，我是说过我不爱她，这些也是我的真实想法。她不热衷于那种事，我们也一直分房睡，我们彼此也都习惯了。可是，我们依然是很好的朋友。我不会羞于承认，我相当依赖她，这可能有些难以置信，可事实确实如此。”

“你不觉得你当初不招惹我会好很多吗？”

当她听到这些天方夜谭时，心中的感觉相当复杂。

“你是我多少年来见到的最可爱美丽的女人。我第一眼看见你，就无法自拔地爱上了你。我控制不住我对你的爱。”

“可你说过你永远不会让我失望。”

“凯蒂，你知道，我怎么忍心让你失望呢？你知道现在的事情有多凶险吗？稍有不慎就会无可挽回。我们都得保持冷静，唯有如此才能避免让你受到多余的伤害。”

“除非你和她离婚。”

“亲爱的，你清醒点好吗？我们必须面对现实，我一点也不想伤害你，可我必须告诉你事实。我为了我的事业已经付出很多心血，殖民地总督的位子，不久就会是我的了。现在只能把这件事压下去，否则我的计划就会前功尽弃。要是让这件事发酵，即使我不离开官场，也将一直背负这个污点，不会有什么前途了。如果我不得不离开官场，我只能在中国经商，但是不论发生什么，我都会让多萝西陪在我的身边，我不能没有她。”

“你当初说你爱我胜过这世上的一切？”

他的脸色有点难看，无奈地说道：“唉，凯蒂，当一个男人爱上你时，他会说可以把天上的星星摘下来给你，只要你想要。”

“你说的都是假的？”

“当时是真心的。”

“那如果瓦尔特和我离婚，我又会如何？”

“真要到了那一步，我们只能祈求上帝保佑。事情也不会搞得满城风雨，只是一定要持续一段时间。”

她生平第一次想念自己的妈妈，她不禁有些悲伤。此刻她恨死了面前这个男人。

“我此刻受的苦，都是自作自受，对吧？你也许连眼睛都不会眨一下。”她说道。

“假如现在你还在冷嘲热讽，我不知有什么益处。”他回答道。

她此刻痛不欲生，一直以来，她一心一意地爱着这个男人，当他说出那些绝情的话时，她的心不知有多疼。他不知道在她心里他是多么重要！

“哦，查理，你知道我有多爱你吗？”

“别这样，凯蒂，我也爱你。可现实世界里不是只有你和我两个人，我们摆脱不了社会的束缚。你和我都要认清现实。”

“你要我认清什么？我的现实是爱情对于我来说就是一切，你就是我的一切。你过去也是那么爱我，可现在你变了，这叫我怎么受得了？”

“我也很难过。可我不能毁掉我的前程，也不会离开我信赖的妻子和可爱的孩子。我不能和你结婚，凯蒂。”

“如果我在你的位置，我就会愿意。”

“你的情况和我的怎么能相同呢？”

“唯一的不同是你不爱我。”

“一个男人爱着一个女人，并不一定要和她长相厮守。”

她用眼睛逼视着他，从他眼中再看不出丝毫热情。她似乎明白了，伤心地哭了起来，大颗的泪珠从脸颊上滚落下来。

“你太残忍了。你这么对我，你良心不会不安吗？”

她歇斯底里地号哭起来，吓得他赶紧看了眼房门，确认门关得够严实。

“亲爱的，小声点。现在哪是哭的时候呢？”

“你真的不知道我有多爱你，我真的可以把心都掏给你了。你就一点都不可怜我吗？”

她继续向他哭诉，希望他能回心转意。

“我也真的爱你，凯蒂，天可怜见，但我必须告诉你真相，我们不适合在一起。”

“当初你为什么不这么跟我说？为什么要来打扰我的生活？现在这么说还有什么用？”

“如果骂我能让你感觉舒服点儿，那你就骂吧！”

凯蒂无法再忍受这些煎熬，她站起来问道：“当初是不是我向你投怀送抱的？是不是你不答应，我就一直死皮赖脸地缠着你了？”

“不是。但我可以肯定，要不是你清楚地向我暗示你想和我上床，我也不可能那么肆无忌惮。”

这么无耻的话让她难以接受。但是，她知道他没有撒谎，当时她确实也动心了。她不好再追问下去了。此时，他还是焦躁不安，脸色阴郁无比，时不时就会盯住她好一会儿。

“瓦尔特有没有说过原谅你？”他问道。

“我不知道。”

他下意识地把拳头攥得很紧，凯蒂以为他就要发作了，不想他只是开口说道：“你最好回去和瓦尔特再谈谈，请求他的原谅。

如果他真如你说的那样深爱着你的话，他会原谅你的。”

“你根本不了解他。”

Chapter 26

她擦了擦脸上的泪水，想让自己镇静下来。

“查理，你要帮我，现在他只想让我死。”

如今，她只能向查理坦白一切了，只能把最后的希望压在他的怜悯心和正义感上。这已经是她最后的撒手锏了。她知道他不会就这么见死不救，当她将要面临生死抉择时，他一定会挺身而出。此刻，她多么希望有一只甜蜜而可靠的臂膀把她从死亡的恐惧中拯救出来啊！

“瓦尔特要带我去湄潭府。”

“湄潭府？怎么去那儿？那里正有一场五十年不遇的霍乱，他带你去那儿干什么？你不能去那儿。”

“如果你不帮我，我就只能去那儿。”

“我没听明白，为什么你要去那儿？”

“瓦尔特就要顶替那个死掉的牧师医生。而他也要带上我去送死。”

“什么时候去？”

“很快，后天就要走。”

汤森缓缓地站起身来，把他的椅子推开，十分不解地望着凯蒂。

“我实在是越来越糊涂了，要是他打算要你陪他去那个地方，那离婚又是怎么回事？”

“他要我从这两者中选一个，他逼我跟他去湄潭府送死；不然，他就要上法庭。”

“哦，我明白了，这么看来，他还是蛮有勇气的嘛！你不这么觉得吗？”汤森的语调中有了些细微的变化。

“什么勇气？”

“哦，能接受这项任务，他的野心可谓不小，我可从来不敢想。他事成回来之日，就能理所当然地领受圣迈克尔和圣乔治勋爵的称号了。”

“可是，查理，那我怎么办？”她大声叫喊道。

“哦，既然他想你陪她前去，就目前情形看，我觉得你为什么不去呢？”

“去了我肯定会死的。”

“怎么可能，纯粹是自己吓自己。那里没那么可怕，要不然他不会带上你去的。只要你能处处多加小心，一定会平安无事的。我刚来香港时，不也刚赶上闹霍乱吗？你看我现在不是还好好的。有几点注意就好了，比方说绝不要吃没煮熟的东西，别吃没洗干净的蔬菜和水果，而且要喝开水，千万别喝生水。”他越说劲头越足，说得眉飞色舞，丝毫没停下来的意思。刚才的阴郁表情统统不见了，腔调也变得自然愉快起来，“再说，有他在，他会照顾你。毕竟这也是他的本职工作。我仔细替他想想，这对他来说，真的是难得的机遇。”

“可是我呢，查理？”她重复了一遍，她还是很害怕，而且对他说话时的表情惊诧不已。

“哦，要想理解一个男人，就要站在他的立场上考虑问题。我想，在他看来，他还是很爱你，所以要带上你。他也绝不愿和你离婚，不然不会让你这样就来找我，他骗得过你，却骗不过我。可以说，他已经做出了个宽宏大度的决定，你不应该就这么拒绝，为了我们大家都能好过一点，你应该再好好考虑考虑。”

“难道你看不出他就是打算让我死掉吗？”

“别说傻话，亲爱的。我们现在的状况很不好，不能再疑神疑鬼、无中生有地自己吓自己。”

“你根本就没为我考虑过。”对死亡的恐惧让她几乎尖叫起来，“你就这么眼看着我去送死吗？就算你不爱我了，就算我们是陌生人，我即将就要死去，你一点同情心也没有吗？”

“你怎么能这么说呢？在我看来，你丈夫的行为真的算得上英勇和慷慨，他已经原谅了你，如果你肯再给他一个机会的话。他会带上你，他不想你再做那个无人看管的小鬼头。我不想骗你说湄潭府是一处舒适的疗养胜地，而且中国现在根本就没这种地方。可是，那里也确实没有传说中那么可怕。”

“可是我真的很害怕。我一想到去那种地方就害怕得要命，几乎要晕过去了。”

“刚开始时每个人都会有点不适应，但是慢慢地你就会明白那里也没想象中那么可怕。”

“可是，我……”

看着查理更加阴郁的眼神，她不知道该说些什么。眼泪也已哭干，无奈和绝望让她变得镇静，此刻才明白自己当初有多傻，竟然指望着这个无情的男人会为自己做些什么。

“你的意思是，我只能去喽？”

“是的。”

“你就这么肯定？”

“我不想隐瞒，要是瓦尔特逼我上法庭，即使你们真的离了婚，我也不会娶你。”

他终于说出了他的真实想法。

“我觉得他一直都没有要上法庭的意思。”她慢慢站起身子冷冷地说道。

“天可怜见，那你为什么不早说？”他问道。

“他早知道，你会这么对我。”她用冷冷的眼神看着他。

她突然一下子想明白了眼前的一切。瓦尔特早料到她此番来求救的结局。此刻，她的脑袋清晰异常，仿佛是在风雨如晦的夜里被一道闪电照亮，一切都无处遁形了，而在亮光里浮现出瓦尔特那张无辜而忧郁的脸来。这景象吓得她不由得打了个寒战。

“他威胁说要上法庭，就是想让你无路可退，好让我听到你刚才说的一切。之前我还对你充满崇拜，而现在我才知道你所谓的爱是多么脆弱。”

查理的眼睛无神地盯着桌上的复写纸，眉头皱巴巴的，嘴唇紧紧地闭拢，好像没听到似的不再说话。

“他知道你心口不一，胆小怕事。他叫我来亲自看清楚你的真面目，不然我哪里肯信呢？我一直以为你很爱我。现在，我才知道你除了自己根本不会爱别人。为了保全自己，牺牲别人时，你不会眨一下眼睛。”

“要是骂我能让你心满意足，我愿意承受。在你们女人眼里，只有光鲜可口的爱情，哪会有其他什么责任和顾忌。我或许有错，但你也不是没有责任的。”

对于他的辩解，她毫不理会。

“现在他知道的我也知道了。你就是个自私自利、没心没肝的懦夫。你的自私自利我已经无法用语言形容。你是如此胆小怕事，谎话连篇，而我真是瞎了眼，竟会爱上你这种男人。”她的脸因为巨大的痛苦而扭曲。

“凯蒂，你冷静点儿好吗？”

她苦笑了一下。叫她怎么冷静，柔声柔气地说自己很开心？谁遇到这种事还能和颜悦色呢？

“你真是个浑蛋！”她大声冲他喊道。

他往后退了一步，没想到她会说这么难听的话，脸已气得发红，可脸上却没什么表情。

“哦，你觉得我像个泼妇？对不对？是啊，我是个泼妇，这也和你无关，我才不会在乎你的看法。”她瞥了他一眼，仿佛是有意戏谑似的说道。

她走到椅子旁拿起手套戴上。

“你接下来会怎么办？”他问道。

“哦，别担心，不会伤到你半根汗毛的，这你放心好了。”

“凯蒂，求你了，别再用那种语气说话了。你要明白这不是你一个人的事，事情已经到了这种糟糕的地步，你别再误会我了。你回去后打算怎么对他说？”

“我会说，我准备和他去湄潭府了。”

“可能你这么说，他就不会再强求你去了。”

他刚说完，她便用一种古怪的神情看他。他实在不知她是什么意思。

“你不害怕了吗？”他问道。

“不了，是你给了我勇气。我已经接受了这种安排，老天爷是想让我去死，我也没什么遗憾的了。”

“你要明白一直以来我真的希望你过得好些。”

她想向他道别了，于是走了过去。当她再次靠近时，他们再次四目相对，她发觉尽管他这么残忍地对待自己，她恨死了他，可那全是因为她还喜欢他。此刻，站在他身旁时，她突然有种难以抑制的想法，不管如何，她想扑入他的怀里，可又马上克制住了，并没有那样做。

“假如你想知道，我想我必定不会活着回来了。我害怕得要命，我不知道瓦尔特是怎么想的，我恐惧得发抖。可我想或许死

也许是一种解脱。”她一边啜泣一边颤抖着说道。

她知道她不能再耽搁，不然她会彻底崩溃掉的，于是就忽然转身朝门口走去。在他还没反应过来时，她已经关上门走了。汤森对着关了的门呆望了一会儿，终于长长地舒了一口气，此刻他最想要的是一杯白兰地。

Chapter 27

她回来时瓦尔特还没有出去。她本想直接回自己的房间，可瓦尔特正好就在客厅里，让她想躲也没处躲。不过她已经觉得无所谓了，也知道自己迟早都要面对他。她慢慢地走到他面前，对他说道：“我会跟你去那里的。”

“哦，我知道了。”

“你要我什么时候准备妥当？”

“明天晚上。”

他心不在焉的语气像长矛一样刺痛了她。她忽然不知哪里来的勇气，竟说出一句让自己都感到吃惊的话。

“想必我只需带些夏天的衣服，再准备好一件寿衣就够了，是不是？”

她盯着他的脸，看得出他被这句轻佻的话激怒了。

“我已经跟你的用人说过要带什么东西了。”

她点了点头，上楼回到了自己的卧室。她的脸色一片惨白。

Chapter 28

他们终于快要到达目的地了。这些天来，他们的轿子沿着这条狭窄的小路没日没夜地行进，道路两旁是一望无际的稻田。拂晓时分，他们便出发了，直到中午酷暑才不得不停下来，在路边的小店歇歇脚，稍作休息便得马上启程，赶在太阳下山之前抵达前面那个可以过夜的小镇。凯蒂的轿子走在前面，瓦尔特的轿子紧随其后，负责背负寝具、日用家什和研究器械的苦力走在最后。他们默不作声地赶路，只有一两个挑夫偶尔说几句话。凯蒂对这些乡村风光不感兴趣，这一路上，只有在查理办公室发生的那一幕幕伤心往事折磨着她。她把和查理在办公室里的对话从头到尾回想了一遍，想到他说出的那些恩断义绝的词语时，就感到无比沮丧。她没能清晰完整地表达出自己的意思，原本应该惹人怜爱的语气也走了形。要是她能够让他体会到她对他的一片浓情厚谊和一片痴心，叫他明白自己的尴尬处境，那么他一定会对她万分怜惜，绝不会弃她不顾。她当时被吓蒙了，当他说出他不肯娶她也不愿救她时，她根本就不相信自己的耳朵。她被弄得手足无措，这也是她当时没有大哭大闹的原因。然而，从那里离开后，她才反应过来。一路上，她一直暗自神伤，默默流泪。

夜里在客栈里过夜，她和瓦尔特同住一间上等客房，他躺在离她几步远的行军床上。每当她发觉丈夫还没入睡，就会用牙咬住枕头，好让自己不哭出一点声音。不过到了白天，因为有轿帘挡着，她就不再克制自己，痛快地哭出声来。她所感受的痛楚是如此剧烈，也完全应该痛哭一场。她从没想过一个人会遭受如此剧烈的痛苦，她绝望地问自己究竟做错了什么要受如此的报应。她不明白查理为什么不爱她，她想肯定是她在哪里犯了错。她千方百计地讨取他的欢心，真搞不懂，他们相处得那么融洽，一直有说有笑，他们不仅是情人，还是密友。这些事情折磨得她精神都崩溃了。虽然她恨查理，瞧不起他，但是一想到这辈子再也见不到他了，她就觉得活着还有什么意思呢。要是瓦尔特想用带她来湄潭府来惩罚她的话，那他就要失望了。如今她的心已经死了，不知道有什么可怕的。未来会怎么样对她来说已经无所谓了。只不过二十七岁就香消玉殒，未免有些过于残酷了。

Chapter 29

汽船沿着西江逆流而上时，瓦尔特一直在认真地看他的那本书。吃饭的时间，他会跟她聊上两句，好像她是和他在旅途中邂逅的陌生女子。那交谈也仅仅是出于礼貌，凯蒂觉得他是在用聊天弥合他们之间那显而易见的隔膜。

她现在突然明白，瓦尔特为什么让她去威胁查理——要么他跟他老婆离婚，要么凯蒂被带到瘟疫肆虐的城市。瓦尔特这么做是为了让她亲眼看看查理的真面目，看看他是个多么懦弱、无情、自私的人。肯定是这样了！这种伎俩太符合他那喜欢嘲讽的性格。他早知道查理将会怎么对待凯蒂，她还没回来时他就吩咐女佣把出发的行李准备好了。她看得出他的眼神里有一丝鄙视的神情，好像那是对她和她的情人的一种嘲笑。或许瓦尔特想过，假如他处在汤森的位置，他不管做出多大的牺牲也会去满足她哪怕一丁点愿望，她知道他也肯定会那么做。不过，凯蒂想不明白的是，既然他都已经看清了查理的真面目，为什么还要冒风险去那种地方？更何况他不会不知道让她去那种地方会把她吓得魂不附体。刚开始，她以为他只是在开玩笑，等到他们真的启程时，哦，不对，应该是再晚一些，等他们上了岸，坐上轿子，长途跋涉穿过第一个乡村时，她以为他会对着她微笑一下，而后告诉她说，她不用一起去了。她不知道他的想法。他不会真的想害死她吧。她知道他是那么深爱着她。她现在明白了爱情的滋味，也记起来他疼爱她的种种表现了。他不可能不再爱她了。你会因为受了一点伤害就不爱一个人了吗？她在查理那里受到的伤害要比她伤害瓦尔特更深，就算她看清楚他的真面目，可是，只要查理再次表达爱意，她还是会不顾一切投入他的怀抱。就算查理不在乎她，抛弃了她，就算他是个无情无义、麻木不仁的负心汉，她依然忘不了他。

起初，她以为时间一长瓦尔特就会宽恕她。以前她对瓦尔特对她的爱很有自信，他的爱是那种倾覆江河之水也浇不灭的类型。如果他还深深爱她，那他就迟早会心软的，然而此刻关于这一点她不是那么确信了。晚上，他坐在客栈的直背黑木椅上读书时，她可以仔细地观察他，在马灯的照射下他的一举一动一览无余。她正躺在一张铺有一个草垫的简陋床铺上，她的位置光线昏暗，不必担心被他发觉。瓦尔特棱角分明的脸庞在灯光映照下显得十分冷峻，难得在那里看到一点温暖的笑意。他泰然自若地读着书，好像这里根本就只有他一个人。他每翻一页，目光都会在书页间来回移动，看来他没在胡思乱想。等到餐桌摆好，晚餐端进来时，他收起了书，朝她看了一眼（他不知道他的表情在灯光下被看得异常清晰）。凯蒂从那一瞥中读出了厌恶，这让她大吃一惊。难道他对她的爱已经消失了吗？难道他真的想让她死在那里？那太荒唐了，那是疯子的行为。瓦尔特可能真的疯了，这个想法叫她害怕，凯蒂的身体不由得有些颤抖。

Chapter 30

长久沉默的轿夫们突然说起话来，其中一个还转过身来，向她打着些手势（她听不懂他们说的话），似乎想让她往远处看。她顺着他的手指望去，看到山坡上耸立着一座拱门。上岸之后，她见过不少这样的拱门，现在她知道它们是为了纪念那些往日的圣贤和贞节烈女而修建的牌坊。而这座有些与众不同，此刻在夕阳的照耀下，金碧辉煌，比其他的要雄伟许多。不知怎的，从它旁边经过时，凯蒂会感觉到莫名的不安。它矗立在那儿，是一种隐约的威胁，或者是对她的嘲笑，她想不明白。当他们走进了一片竹林，浓密的竹子生长得非常奇怪，向小路上斜压下来，好像要挡住她的去路。夏天的傍晚没有一丝风，而细长的竹叶又好似都在微微摇曳，这让她觉得好像有人躲在那里暗中观察她。一会儿，他们终于走到了山脚下，稻田到这里就没有了。轿夫们有节奏地抬着轿子，因为山上布满了一排排长着野草的土包，看起来像退潮后的沙丘。这里是城市的郊区，是一大片坟地。她知道这些，同时也明白了轿夫为何要让她看山顶上的那个牌坊了，他们是想说，目的地快要到了。

过了一道拱门，轿夫停了下来，把轿竿从一个肩膀换到另一个肩膀。其中一个人拿出一块脏兮兮的破布擦了擦满是汗水的脸。前面的小路弯弯曲曲，道路两旁散落着破烂的房屋。夜幕就要降临。轿夫们突然激动地谈起话来，并猛地朝路边躲闪，紧贴着墙根。轿子也随之剧烈晃动了一下，她一下子明白了是怎么回事，四个农民默不作声，抬着一口新的棺材急匆匆地从他们身边走过。棺材还未上漆，在冥冥薄暮的映衬下，泛起一层白色的光。凯蒂感到害怕，心脏剧烈地跳动。棺材就这样过去了，但是轿夫们好像再也打不起精神继续走了。这时后面传来一声吆喝，他们这才又起身。不过他们已经不再说话了。又走了几分钟，他们急转弯走进了一扇敞开的门。轿子放了下来，她到了。

Chapter 31

这里有一个院落，凯蒂走进客厅坐下，苦力们把一件件东西搬进院子。瓦尔特留在院子里吩咐他们把哪样东西放在什么地方。她已经精疲力竭，突然一个陌生的嗓音传来，叫她没有想到。

“我可以进来吗？”

她的脸先是红了一下，而后又变白。此时她已经十分疲乏，脆弱的神经让她不想见任何人。这个房间只点了一盏煤油灯，在远处看不清门口那个人是谁。一会儿，一个男子走进来，向她伸出了手说道：

“我叫韦丁顿，是这儿的副海关长。”

“哦，是海关的。我知道。我已经听说过您了。”

在昏暗的灯光下，凯蒂大概看清了这个男人的样貌，他和她差不多高，身材瘦小，秃顶，小小的脸庞上没什么胡须。

“我就住在山脚下，可我家不在你们上山时走的那条路，所以你们肯定没有看到。我想你们一定累坏了，也不便请你们到我家做客，就只吩咐他们在这里准备了晚餐。我也斗胆不请自来了。”

“谢谢你安排得这么周全。”

“你会发现这里的厨子手艺还不坏。维森的用人我也留给你们了。”

“维森就是原来此地的传教士吧？”

“没错。他是个很好的人。如果你愿意的话，明天我带你去他的墓地看看。”

“非常感谢。”凯蒂微笑着说道。

此时，瓦尔特走了进来。韦丁顿见凯蒂之前已经和瓦尔特见过面了，他说：“关于晚餐的事，我已经征得你太太的同意。维森过世之后，我就没了可以说话的人。虽然那几个修女也在这儿，但是我的法语不好，和她们说话不方便，再说和她们也就说些工作上的事情。”

“我已经叫用人拿喝的来了。”瓦尔特说。

用人送来了威士忌和苏打水。凯蒂发觉韦丁顿一点也不见外，自顾自地喝了起来。从他进门后的古怪眼神和咯咯自笑的举动来看，他来这儿之前就已经喝醉了。

“能喝上这东西真让我感觉好多了。”他说道，然后转向了瓦尔特，“你来得太及时了，你一定会大展才华。这里的人像苍蝇似的成堆地死去。本地的行政官已经翘了辫子，军队的余团长正忙着治理自己军队抢夺老百姓财物的事情。我看要再不采取行动，过不了多久，我们都要把命丢在这儿了。我叫那群修女离开这儿，可她们死也不肯走。她们都想做烈士，真是见鬼了。”

他满不在乎地讲话，时不时还伴有阵阵大笑，那情形叫人只能边微笑边静静地听下去。

“你为什么不走呢？”瓦尔特问道。

“嗯，我的人有一半都已经死了，剩下的随时有可能倒下，然后送掉性命。可总得有人在这儿维持局面吧。”

“你们没有接种疫苗吗？”

“怎么没有？维森给我种的。他自己不也种了吗？可那东西不怎么管用呀，可怜的家伙。”他转向凯蒂，那张逗乐的小脸儿笑出了几道皱纹，“我觉得要是好好地采取预防措施的话，问题不是很大。牛奶和水一定要煮开了再喝。别吃刚摘的生水果和蔬菜。请问你带了留声机唱片过来吗？”

“没有，我想我们没带。”凯蒂说。

“那太遗憾了。我想你们会带些来呢，好久没有听到新的唱片了，那几盘老的我都听腻了。”

这时童仆走了进来，问是否可以开饭了。

“今天晚上诸位就不用再穿礼服啦！对不对？”韦丁顿问道，“我那个用人上个礼拜死掉了，现在的这个是个笨蛋，所以我已经几天没换衣服了。”

“我要先把我的帽子摘掉。”凯蒂说道。

她的卧室就在客厅隔壁。屋子很宽敞，就是没什么家具。凯蒂走进去时，一个女仆正跪在地上，忙着给她整理包裹，她的旁边放着一盏灯。

Chapter 32

餐厅十分狭小，而且一张宽大的桌子占据了大部分地方。墙上挂着描绘圣经故事的版画，还做了相应的文字说明。

“所有的传教士都有这么一张大餐桌，因为他们每年都会收留一些无家可归的孩子，他们得为这些不速之客们准备好足够大的桌子。”韦丁顿如此解释道。

屋顶上悬挂着一盏大型吊灯，这时候凯蒂可以看清楚韦丁顿的长相了。他秃了的头顶让她误以为他已经很老了，而现在看来他应该还不到四十岁。他的额头高高圆圆的，脸庞很小，但是圆鼓鼓的，没什么棱角，脸色十分红润，跟猴子的脸差不多。虽然有些丑陋，但也不是没有可取之处，毕竟他让人觉得挺有趣的。他的五官中鼻子和嘴的大小跟小孩的差不多，蓝色的眼睛不算大，却也明亮有神；他的眉毛是浅色的，十分稀疏。看起来他就像是一个老小孩儿。他不停地自斟自饮，随着晚餐的进行，凯蒂愈加觉得他不是个稳重得体的人。不过，他喝醉后，也没说出什么伤人的话，反而越喝兴致越好，样子颇像一个酒馆里怡然自得的老酒鬼。

他说起了香港，说起很多那里的老朋友，他很想知道他们最近过得怎么样。去年他还去那里赌过马。他对各色赛马及其主人都十分熟悉。

“顺便问一句，汤森现在怎么样？”他突然问道，“他快当上总督了吧？”

凯蒂听到这话时，脸一下子就红了，可她的丈夫并没有看她。

“不出意外应该快了。”他回答道。

“他是那种官运亨通的人。”

“你认识他吗？”瓦尔特问。

“是的。我跟他很熟。我们有一年是搭同一条船离开英国的。”

此时河对岸响起了敲锣声和鞭炮声。对岸的城市离他们并不遥远，整座城镇正处于惊恐之中，死神随时可能光顾那些曲曲折折的街巷中的每一家每一户，降临在任何一个人头上。接着，韦丁顿开始谈起了伦敦。他把话题放到了戏院上。他清楚地知道伦敦此时正在上演哪出剧目，还说起他上次回国休假时看戏的一些细节。他一会儿为那位滑稽的男演员而哈哈大笑，一会儿又赞叹起那位音乐剧女明星的美貌。他高兴地跟他们说起，他的一个表弟已经娶到一位美丽的女明星。他曾与她共进午餐，还荣幸地获得了她的签名照。等他们下次到海关做客时，他一定把照片拿出来给他们看一看。

瓦尔特用淡漠和略带嘲讽的目光瞧着他的客人，显然他没有理解韦丁顿的幽默。尽管他试图礼貌地对那些话题表示出兴趣，但凯蒂明白他其实一无所知。话间，瓦尔特始终面带着微笑，然而凯蒂的心里却充满了恐惧，因为这里就是那个已故传教士留下的房子。这房子外不远处就有很多人正在死去，整座城市正笼罩在死亡的阴影下。坐在一起的他们三个不仅与世隔绝，而且个个都很孤独，像陌生人一样。

吃过晚饭后，她从桌边站了起来说道：“如果你不介意的话，我想我得失陪了。我要睡上一会儿。”

“我也要回去了。我猜测瓦尔特医生也准备休息了。”韦丁顿回答道，“我们明天一大早还得出去呢！”

他同凯蒂握了手。看得出他虽喝了不少酒，可步履依然稳健，只是眼睛放出比平常更明亮的光芒。

“我会来接你，”他对瓦尔特说，“先去见现在的地方官和余团长，然后再去修道院。相信我，你能在这儿大显身手。”

当天晚上，她怎么都睡不着，一直在做很奇怪的梦。梦里她坐着轿子，轿夫抬得很颠簸，轿子晃来晃去。她来到了一个天空灰蒙蒙、十分空旷的城市。人群把她围了起来，个个睁大眼睛好奇地看着她。狭窄曲折的街道，路边的地摊上摆着各种奇异的商品。她路过时，车子和人流都停了下来，做买卖的也停止了交易。那个牌坊突然出现在前方不远处，它的姿态突然变得怪异，它的轮廓一下子变作印度神挥舞的手臂。她走到牌坊下面，周围响起一阵嘈杂的声音，都是嘲讽的语调。可就在这个时候，查理·汤森向她走来，一下子搂住了她，抱她上了轿子，说这一切都是误会，他绝不想这么对她，因为他爱她，他们以后再也不会分开了。她感觉到他吻着她的嘴唇，她幸福得流下了眼泪，问他为什么这么对她。不过虽然她这么问，可她觉得他能这么说已经足够了。这时，突然传来一阵嘶哑的哭声，一群身穿破烂衣衫的苦力，抬着一口棺材，悄无声息、大摇大摆地从他们中间走过，他们就这样被分开了。

她猛地醒了过来。

这座平房坐落在山坡的半山腰上，从窗户往外看去，山脚下的小河和对面的城市尽收眼底。破晓时分，河面雾气环绕，许多河边停泊的舢板在白雾里若隐若现，像是豆荚中的豌豆。舢板有几百艘，在鬼魅似的晨光里显得死寂又诡异，让人怀疑它们是中了什么奇异的魔法，而那些船夫们也纹丝不动、鸦雀无声，仿佛是被什么阴森恐怖的事物吓到了。

太阳初升，几缕阳光轻轻照射在云雾上。河面上开始有了些亮光，隐约能够看见密密麻麻的舢板和林立的桅杆，可是船的前面还是被雾气遮挡，让人看不清上面的情形。然而，一座威严壮丽的堡垒突然跳出了云雾。它不仅能被看清楚，而且它不像是因为天光渐亮而显现，而像是被一根魔棒凭空变出来的。它是那种古老的城市堡垒，巍峨高耸，俯瞰着山下的河流。建筑这座古堡的魔法师辛勤工作着，不一会儿，一截色彩斑斓的墙壁在你的眼前清晰可见；接着，云雾渐渐散去，一排排绿黄相间的屋顶在金色阳光的照射下慢慢显现。屋顶面积很大，但也分不出什么层次，各自的轮廓都不分明。不过它们纵横交错，任意拓展开去，金碧辉煌，十分壮观。它不是什么城堡，也不是庙宇，倒更像是魔法书中皇帝居住的宫殿，凡人不可能随便出入的。它是那么虚幻缥缈、奇异怪诞，不太像是凡人营造成的实物，倒更像是梦中的景观。

她久久凝视，泪水流过了脸颊。她一手捂着胸口，一手捂住嘴，双唇微微发抖，泣不成声。她从未感到如此轻松过，她的身体好像只是她双脚支撑的躯壳，她单纯灵魂的居所。她欣赏着眼前的美景。她沉醉其中，像信徒领受到上帝分发的圣饼那样陶醉。

Chapter 34

瓦尔特时常一早出门，午餐时回来半个小时，晚上晚餐端上餐桌时才到家，凯蒂觉得非常孤单。这几天来，她从没离开过这间平房。天气很热，她一般都只是坐在床边的长椅上看书。中午，灿烂夺目的阳光让这座魔幻宫殿的神秘色彩褪去，而今它看起来只是一座城墙斑驳的破落庙宇而已。可是它曾经看起来美轮美奂，让她心醉神迷，那就足够了，在她心目里，它已经不再是一座普通的建筑物。晨曦或是黄昏，那份奇异的景观常常还会出现。原来以为的那座神秘城堡原本只是这座城市城墙的一部分。城墙之后是那座瘟疫肆虐的城市，凯蒂时不时地会出神地凝望着它。

她模模糊糊听到关于那里的可怕传闻，当然不是从瓦尔特那里，而是从女仆和韦丁顿。因为当她问起瓦尔特（除此之外，瓦尔特不会主动告诉她什么），他总是用一种轻松幽默的语气回应她，令她惊讶不已。这里每天差不多有一百人死去，而且一旦某人得病没过几天就会死亡；废弃庙宇里的神像被人们抬到了大街上，前面摆上各色供品，人们向他们的神灵祈祷，可是丝毫没有作用。人死得太快了，尸体都来不及掩埋。有些人家，全家都死完了，没有人来举办丧事。军队长官是个独断专行的人，这座城市之所以没发生纵火杀人的暴行，全靠他的威望支撑。他指挥士兵掩埋那些无名无姓的尸体，他开枪处决了一名军官，因为那个人不愿走进一间闹瘟疫的房间。

凯蒂有时候会陷入恐惧，心情沉重，四肢都在发抖。采取适当的预防措施，患病的概率就不会很大。可她的心里还是害怕。她一直在心里盘算逃跑的计划，为了逃走，只是为了逃走，她已经做好了一切准备，哪怕什么也不用带，就穿一件衣服，逃到安全的地方就行。她想过把事情的经过原原本本地告诉韦丁顿，求他帮自己逃到香港。她想过跪在瓦尔特面前向他道歉，就算他还恨她，但作为普通人他也应该还有一点人性，出于同情答应她的要求。

这都有些不太可能。如果真能逃走，她能去哪里呢？不能回伦敦。她母亲不乐意她回去：嫁出去的女儿，泼出去的水，她肯定会被母亲赶出来。她想去投奔查理，可查理又不可能收留她。她都猜得出她突然出现在他面前时，他会怎么说。她仿佛看到了他阴森的脸，仿佛看到他迷人的眼神背后的冷酷。他说不出什么有用的话。她想到这里就攥紧了拳头。她一定要找个机会好好羞辱一下这个王八蛋。有时，她真希望瓦尔特同意和她离婚，哪怕自己毁了，她也要毁了查理。每当想起查理以前对她说的那些话，她就会一阵脸红。

Chapter 35

当凯蒂第一次和韦丁顿单独聊天时，她有意把话题引向了查理。他们到达此地的那个晚上，韦丁顿曾经提起过他。这次她装作与查理并不熟悉，谎称他只是丈夫的一位熟人罢了。

“我一向对他不怎么感冒。”韦丁顿说道，“跟他这种人，我觉得还是少相处为妙。”

“那么，他这个人很难相处喽。”凯蒂回答说，对于这种半是戏谑半是认真的语调，她再擅长不过了，“可据我所知，他在香港几乎是最欢迎的人物了。”

“这个我知道。那是他苦心经营的结果。他善于笼络人心，他有这种天赋，让每个遇到他的人都认为他们是多么情投意合。他总是喜欢帮别人一些小忙，而这些事对他却没丝毫损失；即使他真的办不到一些事，他也会让你觉得那不是人力可以做到的。”

“这样不是很有魅力吗？”

“魅力？我觉得这种刻意为之的魅力只会使人厌烦。当你跟一个没有表面殷勤而实实在在的人交往时才会觉得自在。我和汤森认识许多年了，有那么一两次，我能看到他摘下面具时的样子。不过，这也和我关系不大，我就是再普通不过的海关低级官员。据我了解，在这个世界上他不会对除了他自己以外的任何人付出什么东西。”

凯蒂懒洋洋地坐在她的椅子上，面带微笑地望着韦丁顿，一边转动手指上的结婚戒指一边听他说话。

“他一向官运亨通。他对官场上的那一套非常熟悉。在我还活着时，总有一天我要在他面前尊称他一句‘阁下’大人，等他进屋时，人们都要站起来以表达敬意。”

“不过，他连升几级也不奇怪。人们一直认为他很有才华。”

“才华？全都是胡说！他这个人其实很愚蠢。他给你一种印象，他能很熟练地处理好各种政务。而事实上，一个欧亚混血的普通小职员也能轻松做到，只要什么事儿都勤勤勉勉就行了。”

“那他怎么会有聪明的名声呢？”

“这个世界上从不缺傻瓜。当一个官居高位的人对他们不摆架子，只要对他们赞扬两句，并说愿意给他们提供帮助时，他们想当然就觉得他是个睿智的人。当然了，这里面少不了他夫人的功劳。那是个非比寻常的女人，头脑灵活，她给他出的主意都不错。有了她在后面给他拿主意，查理·汤森才显得没那么愚蠢，而这正是官场上最需要的品质。政府不需要聪明人，聪明人有思想，而有思想会造成大麻烦。他们要的是有些手腕又不会犯愚蠢错误的人。嗯，不错，查理最终会爬到金字塔的高处。”

“我不明白你为何会讨厌他。”

“我没有讨厌他。”

“那么你更欣赏他的太太喽？”凯蒂微笑着问道。

“我是个传统的人，更喜欢有教养的女人。”

“我希望她的穿着品位和她的教养一样好。”

“她的穿着有问题？我没留意过。”

“我时常听说他们是一对恩爱夫妻呢！”凯蒂眯起眼睛，透过眼角偷偷观察他的反应。

“在我看来，他确实很爱他的妻子。我想这也是他为数不多的值得为人称道的地方。”

“这算是赞扬吗？”

“他有时也会闹出点风流韵事，但他知道把握分寸。他这方面行事小心，从不给自己带来大麻烦。不过，可以肯定他不是个耽于情爱之人，他只是爱慕虚荣，喜欢别人的崇拜罢了。如今他也有四十岁了，因为一直养尊处优，身体也开始发福了。不过他初到香港时长得还是蛮英俊的。我还听说，他夫人还常拿他的姘头揶揄他。”

“她不会为他的风流事吃醋？”

“呃，是这样。她明白他不会太过分的。她说她愿意和查理那些可怜的小情人们交个朋友呢！不过，她觉得她们是一些不三不四的女人，喜欢上查理的都是些二流货色，她听说后也觉得很

没光彩。”

Chapter 36

韦丁顿离开后，凯蒂在心里反复琢磨他说的每一句话。那些话没有一句让她感到舒服，可她必须表现得若无其事，这让她感觉别扭至极。她不得不承认，他说的都是事实。她知道查理愚蠢、虚荣，她能看到别人恭维他的丰功伟绩时他扬扬得意的神情。他会为自己的狡黠市侩而沾沾自喜。她觉得自己真是可怜，竟会深深地爱上这样一个男人，仅仅因为那双漂亮的蓝眼睛和健美的身材。她应该鄙视他，他其实就是个不值一提的男人。尽管她已经亲眼看到出事后他是怎么对待她的，可她越是恨他，就越觉得不甘心，觉得还是在乎他。瓦尔特早就知道他是怎样的人了。呃，此刻她只想把瓦尔特和他统统忘记。还有，他的妻子会用他的情人向他打趣？多萝西真是心胸宽大。自己就是个二流货色吗？凯蒂轻轻地一笑，要是母亲知道女儿被如此对待，肯定会气昏过去吧！

然而，夜里她的睡梦里还有他。她感觉到他用结实的手臂紧紧抱着她，热情似火地亲吻她的脸颊。他即便四十岁了，身体有些胖了，可那又有什么关系？他有像孩子一样的虚荣心，他的心思隐藏得很深，这只会让她更加疼惜他，她愿意鼓励和安慰他，这样她就心满意足了。她醒过来时，发现两颊上全是泪水。

她在梦里哭了。对她来说，梦中的哭喊显得更加无奈和凄凉。

Chapter 37

凯蒂每天都会见到韦丁顿，因为他每天工作忙完后，都会到瓦尔特的住所做客，他们彼此也开始熟络起来。要是换作平时，过一年时间也未必能达到这种熟悉程度。有一次，凯蒂告诉他，要是没有他在，她真不知该怎么打发时间。他听了哈哈大笑，说道：“你看，在这个地方，只有我们俩还能安安静静、心情轻松、踏踏实实地走路。修女们在天上行走，而你的丈夫则行走在黑暗里。”

虽然凯蒂听完后漫不经心地笑了，但她其实不明白这句话的意思。她发觉他那双蓝色小眼睛虽然显得和蔼可亲，却在全神贯注地打量着她，这叫她非常不安。他有一双敏锐的眼睛，她跟瓦尔特之间不同寻常的夫妻关系已经引发了他的好奇心。她故意把他搞得一头雾水，而且感觉这样非常有意思。她挺喜欢他这个人的，知道他对自己抱有友善态度，他并非才华横溢，也不机智聪明，但是说话时总能用含蓄幽默的方式将事情的本质显露无遗，叫人觉得很好笑。他的秃头下面那张孩子般的脸一笑起来就叫人忍不住发笑，滑稽极了。他在香港外的港口生活多年，所以很少能碰到自己的白人同胞并与之交谈，这塑造了他自由的性格，他有一种坦率的性格和一些无伤大雅的小怪癖。他总是用一种戏谑的态度面对生活，他对香港殖民地的官僚极尽嘲讽，不过他也嘲笑湄潭府迂腐的中国官员，甚至这场可怕的瘟疫也成为他挖苦的对象。他讲起的悲惨故事和英雄传奇，听起来都有点黑色幽默。他来中国二十年了，知道许多冒险的奇闻逸事，从这些故事里，你不难得出结论，这世界就是个荒谬的笑话。

虽然他不认为自己是个中国通（他曾说，那些所谓的中国专家像春天发情的野兔一样疯狂），可他汉语说得很流利。他读书不多，他所知道的都是他和别人聊天获得的知识。他经常给凯蒂讲起中国流行的民间故事和神话传说，虽然还是用他习以为常的嘲讽语气讲的，但是听起来还是蛮有趣的。凯蒂隐约有种感觉，他可能已经潜移默化地接受了中国人的观念；欧洲人是野蛮人，欧洲人把自己的生活过得一团糟。这一观点在中国十分流行。以前她听到中国，常被念叨的都是颓废、肮脏和龌龊，现在凯蒂对原来的话重新有了思考。他的话像把帷幕拉开，让她看到一个色彩丰富、意义深刻的新世界，这是她做梦也想象不到的。

他坐在那里，一边聊天大笑，一边饮酒。

“你不觉得你喝醉了吗？”凯蒂突然问道。

“这是我最大的乐趣。”他答道，“你不知道吧，喝酒能预防霍乱。”

他走出门时已经酩酊大醉，但还是能独自一人回去。他喝酒后总是欢天喜地的，但从不做出格的事情。

一天晚上，瓦尔特回来得比较早，就留韦丁顿一起吃晚饭。接着一件奇怪的事情发生了。他们先喝汤，吃完鱼，童仆把鸡肉和一盘蔬菜沙拉端上了餐桌。

“天哪，你们不是要吃那个吧！”韦丁顿看着凯蒂把蔬菜夹到嘴边，连忙喊道。

“哦，我们每天都吃。”

“我的妻子蛮喜欢这道菜。”瓦尔特说。

然后，当一盘沙拉端到韦丁顿面前时，他摇了摇头。

“感谢你的好意，可是我才不想自杀。”

瓦尔特阴冷的脸上微笑了一下，自顾自地吃起来。

韦丁顿没再开口说话，而后，像他这样的人竟也一言不发，吃过饭不久，他就匆匆离开了。

事情的经过是这样的，刚来这儿时，中国厨师对瘟疫的知识也是一知半解，所以就做了盘沙拉，端了上来，凯蒂没多想就吃了起来。瓦尔特连忙探身阻止。

“你不能吃这个。用人把这个端上来是不是疯了。”

“为什么不能？”凯蒂看了瓦尔特一眼，问道。

“不管怎么样，这都是危险的举动，你疯了吗！不怕害死自己。”

“这正合我意。”凯蒂说。

她面无表情地开始吃起来，她也不知自己哪里来的勇气。她嘲讽似的看着瓦尔特。她想着他的脸色有点发白了，可沙拉摆到他面前时他也开始吃起来。厨子发现他们也不介意，就每天都会做沙拉，他们就这样不顾生命危险天天吃着沙拉。冒着这样的风

险真是荒谬。凯蒂特别害怕染上这种疾病，可她还是吃了，她只是想狠狠地报复一下瓦尔特，另外也是对内心深处的恐惧的嘲讽。

Chapter 38

次日下午，韦丁顿来到凯蒂夫妇的住处，刚坐一会儿，韦丁顿便邀请凯蒂出去散步。凯蒂自从来到这里，还未曾出过院门，自然很高兴地答应了他。

“我想这里适合散步的小路不多，”韦丁顿说，“不如我们去山顶走走。”

“嗯，好的，我知道山顶上有座牌坊。我在院子的空地上就时常看到它。”

童仆为他们打开了沉重的院门，他们出了门，拐上了一条泥土路。刚走没一会儿，凯蒂突然害怕地抓住了韦丁顿的手臂，大叫一声：“看那边！”

“怎么了？”

院子围墙的墙根儿那儿，一个男人面朝天躺着，双腿伸展，双手抱着脑袋，穿了一身打满补丁的破衣服，像是个头发乱蓬蓬的乞丐。

“他看上去像是死了一样。”凯蒂惊魂未定地说。

“确实是死了。快走吧，别看了。散完步就叫人把他抬走。”

可凯蒂浑身哆嗦，腿几乎迈不出去了。

“我以前还没有见过死人。”

“那你可得抓紧习惯了，在离开这片土地前，你只会看到更多。”

韦丁顿拉起凯蒂的手，让她搭着自己的臂弯。他们就这样静静地走了一段路。

“那人是死于霍乱吗？”她最终开口问道。

“可能是吧。”

他们朝山顶走去，最后在牌坊那里停下。牌坊的雕刻十分精美，像界标一样矗立在旷野，显得荒诞异常。他们在基座上坐下，眼前是一片广阔的平原。山丘有许多长满荒草的小坟包，它们杂乱无章地排列着，你会觉得，死人在阴曹地府也过着不得安宁、拥挤不堪的生活。狭窄的堤道蜿蜒穿过绿油油的稻田。远处的小道在水田间蜿蜒曲折，水牛背上坐着一个小男孩，慢悠悠地往前走着。三个戴草帽的农夫，伛偻着身体，挑着重物，步履蹒跚。傍晚时分，中午的酷热已经消退，山上不时有清风吹来，让人神清气爽。辽阔的乡村美景让凯蒂备受折磨的心灵有了一点安宁，可那个死去的乞丐的样子却不时跳出来，打断她的思绪。

“周围天天死那么多人，你为什么还能说说笑笑，快乐地喝威士忌呢？”凯蒂突然问道。

韦丁顿没有回答。他转头望着凯蒂，伸手用力地握住她的手臂。

“你难道看不出来，这里不是一个女人该待的地方，”他神情严肃地说，“你为什么不离开这里？”

凯蒂用目光朝韦丁顿偷偷瞥了一眼，嘴角露出一丝笑容。

“我倒认为，在这种情形下，妻子理应待在丈夫身边。”

“他们发电报给我，说你会跟着费恩一起来，我吓了一跳。我当时想，你可能是一名护士，这种事你可能已经见得多了。我原本以为，你是那种板着脸的冷酷女人，把病人折磨得痛苦不堪。那天我第一次去你们那里，看见你正坐着休息，我大吃一惊。你看起来，完全是个弱不禁风的人，虚弱又疲倦。”

“我们赶了九天的路没休息，你可不能指望我到达那天有什么好气色。”

“你现在看上去也脸色苍白，如果你不介意我说实话的话，你看起来非常不快乐。”

凯蒂的脸不禁变红，可还是故作镇定地微笑了一下。

“我的脸色天生就是这样，你要是不喜欢，我也没办法，我只能说声抱歉。我看起来不快乐没有因为别的，只是因为从十二岁开始，我就知道自己的鼻子长得有点长，正因为此，才促成了我苍白的脸色。不过，你一定猜不到，曾经有多少善良的小伙子因为此事而安慰过我。”

韦丁顿用他明亮的蓝眼睛盯着她，她明白韦丁顿不可能相信她的话。不过只要他不点破，她倒觉得无所谓。

“我知道你们结婚没多久，所以我认为，你们正如胶似漆才正常。我想不通他为什么带你来这里，但也许你坚决不同意自己一人待在香港。”

“这理由合情合理。”她轻声说。

“是的，不过这绝不是真正的原因。”

凯蒂听着韦丁顿继续说下去。她心里非常清楚，韦丁顿十分敏感，她真害怕他看出什么端倪。不过她又忍不住想知道他对自己的评价。

“我不认为你有多爱你丈夫。我也不觉得你喜欢他，如果你说你恨他，我倒不会觉得有多惊讶。我唯一肯定的是，你怕他。”

她把目光移到别处，不想让韦丁顿看出他说的话对她有影响。

“我怀疑你并不喜欢我的丈夫吧！”她以嘲讽的语气说道。

“我尊重他。他是个聪明而有个性的人，还拥有高尚的品格。而且据我所知，很少见到能同时拥有这两种品质的人。我想你对他正在做的工作没有什么概念，因为我觉得他在你面前好像不怎么健谈。若有人能一人肩负起结束这场瘟疫的使命，我想这人非他莫属。他医治病人，清洁城市，想办法净化水源。不论去哪或做什么事情他都不去计较。他每天二十几次用自己的生命冒险，余团长也不得不佩服他，把军队交由他指挥。他甚至给中国治安官鼓劲儿，那老头儿也准备开始尽点力了。修道院的修女们非常信任他，拿他当英雄。”

“你不认为他是英雄吗？”

“话说回来，这只是他的分内之事，是不是？他是个细菌学家。没人强制他来这里。他让我觉得，他并不是因为同情生命垂危的中国人而来到这里。维森就不一样。他热爱全人类，他是个

传教士，但他一点也不介意中国人信仰什么，不管信什么，在他眼里，他们都是人。你丈夫来这里，不是因为他不忍心让成千上万的中国人死于霍乱，也不像是为了科学研究。他到底为什么来到这里，我猜不出来。”

“你要是想知道，就去问他吧。”

“我很好奇，你们俩怎么可能走到一起。有时候，我会猜想你私底下怎么和你的丈夫相处。在我的眼前，你们一直在演戏，你们两个都是这样，但是你们的演技糟糕透了，真的。就你们的水平，在巡回剧团演出，一个人一周也赚不到三十先令。”

“我不懂你在说什么。”凯蒂微笑着说，继续装出轻松的样子，可她也明白她骗不了人。

“你是个很漂亮的女人，奇怪的是你丈夫从不正面看你一眼，这太不合理了。他跟你说话的口气，听起来与其说是你丈夫，倒不如说是一个陌生人。”

“你认为他不爱我吗？”凯蒂的声音低沉而沙哑，突然改变了刚才轻松自在的语调。

“我不知道。我不清楚他是否对你有什么反感，不过看得出，好像一靠近你，他就浑身起鸡皮疙瘩一样，又或许是他对你的爱太过炽热，可出于某些原因，他不能表现出来。我几次问自己，你们究竟是不是来这里自杀的。”

凯蒂想起那天韦丁顿看到他们吃沙拉时震惊的表情。

“吃几片生菜叶有什么可怕的呢？你太大惊小怪了。”她若无其事地说。她站起身来，问道："我们可以回家了吗？我想你肯定在想念你的威士忌。"

"不管你说什么，你都不是什么巾帼英雄。你看见死人都害怕得要死。你确定你不打算离开这儿？"

"这跟你有什么关系吗？"

"我能帮你。"

"你愿意看看我的难言之隐吗？从侧面看，给我说说，我的鼻子是不是太长了一点？"

韦丁顿若有所思地望着凯蒂，他明亮的眼睛里露出嘲讽的神色，不过从他眼睛里可以看到一个影子，就像河边一棵柳树在水里的倒影，那是一种善意的微妙表示。凯蒂的眼睛突然流出眼泪。

"你是铁了心要待在这儿咯？"

"是的。"

他们从精美的牌坊下走过，沿着原路慢慢下山。他们走过墙根儿时，再次看到了那个乞丐的尸体。韦丁顿去拉凯蒂的手臂，但她推开了。她一动不动地站住。

"看上去很可怕，是不是？"

"什么？死亡？"

"是的，死亡让其他事情都不值一提了。我说那个乞丐，你看着他，他根本不像是个人，根本没法让人相信他曾经活过。或许，数年前他还是小孩子时，就曾在山上跑着放风筝呢。"

她再也克制不住自己，呜咽着，哭了起来。

Chapter 39

几天过后，韦丁顿和凯蒂坐在一起说话。他手里端着大杯的威士忌，这次他们谈论到了修道院的事情。

“修道院长是位相当出色的女性。”他说道，“修女们对我说，她出自法国的一个名门望族。不过她们不告诉我具体是哪家。她们说了，院长不希望别人提起这件事。”

“如果你想知道，为什么不直接问问她呢？”凯蒂微笑道。

“如果你认识她，你就知道我为什么不能提这么唐突的问题了。”

“你对她这么尊敬，看来她绝对是位出众的女人。”

“我有句她的口信捎给你。她叫我对你说，尽管你很可能不愿到疫情中心游览，但要是你能去修道院走走，她将会非常高兴。”

“她人真好。我没想到她还能想起我来。”

“我跟她们提过你。我一个礼拜要去那儿两三次，看看有什么可以帮忙的。对了，我估计你丈夫也向她们说起过你。她们都非常敬佩你的丈夫呢！”

“你是天主教徒吗？”

他狡黠的眼睛闪烁了一下，随后哈哈大笑起来，脸上现出许多皱纹。

“你在笑我吗？”凯蒂问道。

“信天主教能得到很多好处吗？不，我不信天主教。我把自己看成英格兰国教的信徒。英格兰国教嘛！就是什么也不信的委婉说法。十年前修道院长来到这里，有七个修女跟随她，现在只剩下三个，另外四个都去世了。你知道，即便是在好时节，湄潭府也绝不是疗养胜地。她们就住在这个生活困苦的城市中心，辛苦地工作，而且从来也不休假。”

“那现在只剩下院长和三个修女了？”

“呃，不，新来了几个，来代替死去的那几位了。现在有六个人。瘟疫之初，其中一个得霍乱死了，马上有两个从广州赶了过来。”

凯蒂听后，身体不由颤抖了两下。

“你很冷吗？”

“不，就是打了个哆嗦。”

“当她们离开法国的时候，基本就没打算回去。你知道，她们不像新教徒一样有一年可以回国休假。我想不能回国休假是最让人难过的了。我们英国人很少会思念家乡，我们到哪里都能很快地融入其中。但是我觉得法国人安土重迁，一旦离开他们的故乡，他们就会非常难过。这些女人做出了巨大的牺牲，这让我很感动。不过，我想如果我是一个天主教徒，我也会义无反顾地这么做的。”

凯蒂面无表情地看着他，她不完全理解这个小个子男人谈论的那些感情。她认为他只是在吹牛罢了。他已经喝了不少威士忌，说出来的话也肯定东倒西歪。

“你自己去看看吧。”他看穿了她的心思，开玩笑似的补充道，“那不会比吃生番茄更危险。”

“既然你都去过了，我又有什么害怕的呢？”

“我保证你会感到新奇的。你能在那儿看到一个小的法国。”

Chapter 40

他们坐在一条小舢板上过了河。凯蒂坐上轿子，她被抬着上了山，一直来到水闸处，苦力们正在这里打水，他们肩上搭着扁担，扁担的两头各挑一大桶河水，正一步一晃地走在他们前面。河水不断从水桶里洒出来，整个街道都湿漉漉的，像是刚经历过一场暴雨。凯蒂的轿夫大声地向他们吆喝着，叫他们让开路。

“现在，什么生意都很萧条了。”韦丁顿说道，他没有坐轿，而是在轿子的旁边步行，“要在往常，这里会被搬货物的各色苦力挤得水泄不通。”

城里的街道很窄，每一条还都弯弯曲曲的，凯蒂一会儿就分不清方向了。这里的商铺大多店门紧闭。来湄潭府的路上她早习惯于中国城镇的脏乱不堪，可这里要比那些地方更加糟糕，到处都能看见垃圾或是粪便，这里显然许久没人清理了。垃圾堆散发着令人作呕的恶臭，凯蒂赶紧用手帕捂住鼻子。以前她在中国城镇里经过，街上的人们都爱盯着她看，然而，现在这里的人瞧见她也只是漠然地瞥上一眼罢了。街上不像以前那样摩肩接踵，根本没有多少行人。他们个个行色匆匆，看起来要么精神高度紧张，要么没精打采。他们经过几处房屋时，里面会时而传出一阵哀婉的器乐声和凄厉的号哭声，看来在那些紧紧关闭的房门背后，肯定有什么人刚刚死去。

“我们到了。”韦丁顿说道。

轿子在一扇小门前停住，门楼上镶嵌着十字架，门两边是长长的白墙。凯蒂下了轿子，然后韦丁顿按了几下门铃。

“你千万别指望能见到什么华丽的东西。她们穷得叮当响。”

一个中国女孩打开了门，韦丁顿跟她说了几句话，她就把他们带到了走廊边上的一间小屋子里。屋里摆着一张大桌子，桌上铺着一块方格油布，四周放着几把木椅。屋子的里头有一尊石膏雕成的圣母像。过了一会儿，一个修女走了进来，她身材矮胖，长相十分普通，脸蛋红扑扑的，眼神里闪耀着快活的光芒。韦丁顿向凯蒂介绍她时，他管她叫圣约瑟姐妹。

“你是瓦尔特医生的太太吗？”她热情地用法语问道，并说院长一会儿就会过来。

圣约瑟姐妹不会说英语，而凯蒂的法语也磕磕绊绊，只有韦丁顿能说一口发音不标准的流利法语。他一连说了好几个笑话，逗得这位好脾气的修女捧腹大笑。她欢快的神情和爽朗的笑声，让凯蒂吃了一惊。她原以为神职人员都是板着脸的，好显示得够庄严肃穆一些，可这位修女孩子般纯真无邪的笑声不由得打动了她。

Chapter 41

屋门开了，凯蒂似乎觉得那门之所以转动不是人力所致，而是它自己选择转开的。修道院院长走进屋子后，先是在门口那里略微站了一会儿，看了一眼笑作一团的修女和韦丁顿挤满皱纹的滑稽嘴脸。随即嘴角浮现出肃穆的微笑，向凯蒂走过来，向她伸出了一只手。

“是费恩夫人吗？”她用英语说道，她的话带有浓重的法国腔调，但发音倒很准确。说罢向凯蒂躬身致意。“很高兴能认识你，你的丈夫真是个善良勇敢的人。”

凯蒂发现院长一直用审视的目光望着她，似乎是在对她做出评判，但是她的眼神十分坦率，不会让人觉得有什么不自在。不过，她工作的职责不就是要审视他人，而后，为其生活提供一些可靠的建议吗？她礼貌地示意她的两个客人坐下，而后自己也坐了下来。圣约瑟姐妹站在院长的身后，她还是面带笑意，不过已经安静下来。

“我知道你们英国人喜爱喝茶，”院长说道，“我已经叫人沏好了。不过，你只能按中国的习惯来喝了。我知道韦丁顿先生喜欢威士忌，可惜我们没有酒给他喝。”

她面带微笑，肃穆的眼神里包含着对韦丁顿的戏弄。

“哦，嬷嬷，你这么说，好像我真是个酒鬼似的。”

“韦丁顿先生，你能说你从来都不喝酒吗？”

“是啊，我从来也不喝酒，我只喝醉。”

院长笑了起来，并用法语把韦丁顿的俏皮话翻译给圣约瑟姐妹听。圣约瑟姐妹目光友善地望着韦丁顿。

“我们得对韦丁顿先生宽容一点，因为有那么两三次，我们的经济遇上困难，收留的孩子都吃不上饭了，是韦丁顿先生及时提供了帮助。”

那位给他们开门的小女孩走了进来，手里端着两个圆盘，一个上面放有几盏茶杯和一个茶壶，另一个小盘子上放着一碟法式蛋糕。

“你们一定得尝尝这个玛德琳蛋糕，”院长说道，“这是圣约瑟姐妹今早特地给你们做的。”

他们不断聊着些生活琐事。院长询问凯蒂来中国有多久，说从香港到这里一定旅途劳累，还问她是否去过法国以及是不是适应香港的气候等。内容都很琐碎，但气氛却极融洽，这跟外面鸦雀无声的街道形成了鲜明的对比。屋子外面冷冷清清，很难让人相信这里就是这个城市的中心。然而静谧深处，瘟疫还是四处蔓延，人们不知所措，个个活得战战兢兢，比强盗还凶的士兵维持着这座城市最后的秩序。修道院墙内的医疗室里挤满了染病以及命在旦夕的士兵，修女们领养的孤儿也已死去了四分之一。

不知道为何，凯蒂被这位院长的魅力吸引住了。她仔细观察着眼前这位庄严美丽的女人。她一身素白，衣服上唯一的色彩就是胸前绣着的一颗红心。她大约有四十岁或者五十岁，很难说清她的具体年龄，因为她光滑、淡素的脸上几乎看不到皱纹，而从她庄重的举止、自信的神态，以及昔日丰腴美丽而今略显干瘦的双手上推测，她已不再年轻。她脸形偏长，嘴部稍大，牙齿整齐洁白。她的鼻子不能算小，可是显得十分精致。在稀疏高耸的黑色眉毛的衬托下，那双明亮的眼睛，让人一下子就体会出她的诚挚和关爱。这是一对黑色的大眼睛，目光沉稳坚定，虽然说不上冷淡，但却叫人不由得心生敬畏。初次相见，你会毫不怀疑地认定她年轻时一定是个小美人儿，但转念一想，她的美丽有一半来自于她的气质，时间虽然流逝，她的魅力却会与日俱增。她说话的声音低沉克制，无论是英语还是法语，都说得清清楚楚、有条不紊。然而给人印象最深的还是她身上那种神职人员的威严之气。你会觉得她善于发号施令，别人也会乐于听从，而她也会觉得这是天经地义的事，由于她对别人的顺从也极其谦恭，因此人们从不觉得她有什么不对。她是坚信教会在世俗生活中的权威的那种人。然而凯蒂认为在威严的外表下，她还是能理解一部分一般大众的共通情感的。比方说院长在听到韦丁顿不伦不类的笑话时，一直面带庄重的微笑，看来她还是有些幽默感的。

凯蒂觉得院长身上还有些她怎么也说不上来的特点。她的一言一行都透露出一股庄严而优雅的气质，这让凯蒂在她面前不知该如何是好，拘束得活像个女学生。凯蒂发现她们之间存在一层无形的隔膜。

Chapter 42

“先生 口都没吃。”圣约瑟姐妹说道。

“先生的胃口让满洲饭菜惯坏了。”修道院院长回答。

圣约瑟姐妹脸上的笑容一下子不见了，变得严肃起来。韦丁顿露出调皮的神情，又拿起一块蛋糕。凯蒂搞不清楚发生了什么事，不明所以。

“为了向大家证明你说的话有问题，嬷嬷，今天我要多吃一点蛋糕，今天回家后，那些可口饭菜就倒掉算了。”

“假如费恩太太想在修道院四处转转的话，我乐意陪同。”修道院院长微笑着说道，又突然不好意思地对凯蒂说道，“修道院现在处于混乱的状况中，这个时候真的不适合带您参观。要做的事情太多，修女们又人手不够。余团长又坚持让我们把医务室让给患病的士兵，我们只好把餐厅改成孤儿们的住处。”

院长站在门口，和凯蒂一起出门。圣约瑟姐妹和韦丁顿跟在她们后面，他们一行四人沿着白色长廊往前走去。他们走进的第一个房间很大，一群中国姑娘正坐在一起做刺绣。他们几人进门时，她们都起身致意。修道院院长向凯蒂展示了完成的刺绣作品。

“虽然瘟疫肆虐，我还是坚持让这些姑娘做刺绣，这样她们脑子里就不会去想那些可怕的事情了。”

一行人又走进另一间屋子，一群年纪更小的姑娘在做缝纫和褶边。接着一行人来到第三间屋子，这屋子里有一群小女孩，都是五六岁的样子，由一位皈依天主教的中国女人照料着。小女孩们正在大声嬉闹，看到修道院院长进来，这些黑眼睛、黑头发的小东西马上迎上来簇拥在她周围。她们有的抓住她，有的爬到她宽大的裙子下边。院长脸带微笑，说了几句逗她们开心的话，虽然凯蒂听不懂汉语，但也能猜出那是在安抚她们。小女孩们穿着破旧的制服，面色蜡黄，身体瘦小，看上去不像人形，凯蒂不由得浑身哆嗦不已，这些小不点让她觉得恶心。可修道院院长站在她们中间，仿佛成了慈爱的化身。修道院院长要离开时，娃娃们不舍得她离开，紧紧抱住她，她只好向她们解释，并轻轻地从她们中间挣脱。女孩们丝毫不觉得这位威严的女性身上有什么令人害怕的地方。

他们走在另一条走廊上时，修道院院长对凯蒂说：“你知道，这些孩子之所以沦落为孤儿，不是因为他们的父母死了，而是因为她们的父母抛弃了她们。我们必须给他们一些钱，他们才愿意把孩子送到我们这里，否则他们会嫌麻烦直接把孩子随便扔了。”她转身朝圣约瑟姐妹问道：“今天送过来了几个？”

“四个。”

“如今霍乱肆虐，有些父母就更觉得这些女孩是个累赘。”院长带着凯蒂看了孩子们的宿舍，然后他们经过一个门口，门上用法语写着“医务室”。凯蒂听到痛苦的呻吟声，那听起来根本不像是人发出的声音。

“我就不让你进去了。”修道院院长平静地说，“里边的景象是不会有人愿意看到的。”院长突然好像又想到什么，问道：“费恩医生会在里边吗？”

她用询问似的目光看了看圣约瑟姐妹。圣约瑟姐妹微微笑了笑，打开了医务室的门，轻声地走了进去。门一打开，从里面传出了更加可怕的哭喊声，凯蒂不禁被吓得往后退缩了一点。一会儿，圣约瑟姐妹走了出来。

“不在，他刚离开，过一会儿才回来。”

“六号怎么样？”

“可怜的孩子，他已经死了。”

修道院院长在胸前画了个十字，嘴里念念有词地做了个祷告。

一行人走过一处庭院，凯蒂看到地上并排放着两具尸体，上面盖着蓝色的长条棉布。院长转身对韦丁顿说：“我们这儿病床太少了，不得不让两个病人挤一张床，一个病人死了抬出来，才能给其他病人腾出位置。”接着，她微笑着对凯蒂说：“我这就带你去参观我们的礼拜堂。我们都为有这样一座礼拜堂而自豪。我们在法国的一位友人不久前寄来了一尊跟真人差不多大小的圣母像。”

Chapter 43

礼拜堂其实不过是一间长方形的低矮房屋，墙面被刷成白色，中间摆放着一排排松木长椅。屋子的一端是圣坛，雕像就摆放在那里。这尊雕像刚做成不久，是用巴黎灰泥雕刻成的，看上去光洁又鲜艳。雕像背后挂着一幅油画，画的是耶稣受难的故事，十字架下面画有两位神情悲痛的玛丽亚。这幅油画构图拙劣，运用的染色颜料也不是上成的。四周墙上也画了十四幅耶稣受难像，应该是出自同一个拙劣的画师之手。总而言之，这个礼拜堂显得既简陋又俗气。

两位嬷嬷一进门就跪地祷告，接着她们起身，修道院院长又与凯蒂说起了话。

“凡是容易碎的东西运到这儿时基本都碎掉了，但我们的捐助人赠送的这尊塑像却毫发未损。毫无疑问，这是一个奇迹。”

韦丁顿的眼睛里闪过嘲弄的神色，不过他并未吭声。

“圣坛后和四周墙壁上的耶稣受难像是我们的圣安塞姆姐妹画的。”修道院院长在胸前画了个十字，“她是位真正的艺术家。可惜她已死于这场瘟疫。你不觉得这些画像很美吗？”

凯蒂支支吾吾地表示了认同。圣坛上摆着一束束纸花，烛台雕饰得俗气，太过抢眼。

“能在此地做礼拜是我们的荣幸。”

“为什么呢？”凯蒂有些疑惑。

“如今的我们正经受瘟疫的摧残，圣像给了我们巨大的安慰。”

一行人离开礼拜堂，沿着来路返回会客厅。

“你想看看今天早晨送来的孤儿再走吗？”

“好啊。”凯蒂答道。

修道院院长领着他们进了走廊另一侧的一个小房间。桌子上盖着一块罩布，罩布下明显有东西在蠕动。圣约瑟姐妹拉开罩布，是四个光着身体的小女婴。她们的脸红扑扑的，小手小脚不停地挥舞着，看起来很有意思。她们的小脸拧作一团，看上去有点扭曲。她们看起来一点也不像人类，倒像是一种古怪的动物，不过这场景却让人感动。修道院院长望着小女婴，露出开心的笑容。

“看来她们很健康。有时候，她们送过来没多久就死了。当然，她们被送过来后，我们马上就会给她们做洗礼。”

“凯蒂女士的丈夫看见她们一定会很高兴。”圣约瑟姐妹说，“我想他能和这些婴儿玩上个把钟头。婴儿一哭，他只要把她们抱起来，抱在他的臂弯里，她们就都安静下来了。”

一会儿，凯蒂和韦丁顿走到了修道院门口。对于修道院院长的接待，凯蒂表达了诚挚的谢意。院长有礼貌地回应，既高贵又谦和。

“这是我的荣幸。你不知道你丈夫人有多好，给了我们多大的帮助。他是上帝派来帮助我们的。我很高兴你能和他一起来这里。他回到家时一定会很开心，因为有你陪着他，你的爱和甜美的容貌对他来说都是很大的安慰。你可要好好照顾他，别让他工作太劳累。就算是为了我们吧，你也要多鼓励他。”

凯蒂的脸红了，不知道该说些什么。修道院院长伸出手，凯蒂握着她的手，她注意到院长那双冷静深沉的眼睛正盯着她看，眼神里流露出对凯蒂处境的理解。

修道院的大门关上了，凯蒂坐上了轿子。他们沿着狭小曲折的街道往回走着。韦丁顿随意地说着什么，凯蒂没有回话。他朝凯蒂望去，但轿子的帘子垂着，他什么也看不见。他们就这样默默地走着。到了河边，当凯蒂走出轿门，韦丁顿惊讶地发现凯蒂已经泪流满面。

“你怎么了？”韦丁顿皱着眉，惊奇地问。

“没事。”凯蒂强颜欢笑地说，“只是发神经罢了。”

Chapter 44

这间原本属于已故传教士的简陋的房间里只剩下凯蒂一个人。她斜倚在窗户对面的长椅上，出神地凝望着河对岸的庙宇（傍晚的夕阳给它罩上了一层神秘的金色光环），她想从头整理一下自己的思绪。她没想到这次的修道院之旅会对自己有所触动。原本她只是出于好奇，前几天她还对河对岸高墙下的城镇街道充满幻想，而今已知道它是多么肮脏和萧条。

但是在修道院里的时候，有一会儿她感觉自己像是进入了另外一个世界，一个超然于尘世之外的世界。那些简陋的房间和缺乏装饰的白墙时常透露出一种神秘而质朴的气息。那间小礼拜堂虽然简陋粗糙，甚至可以拿寒酸来形容，然而它却拥有那些装饰豪华的大教堂没有的东西。它的彩窗和油画斑驳不堪，可是人们的虔诚和热情盖过了这些，那里显得愈发肃穆和庄严了。这里是瘟疫肆虐的中心地带，修道院的工作进行得有条不紊，面对死亡的危险，修女们齐心协力，表现得冷静异常，这简直是对这场暴虐瘟疫的无情嘲讽。死亡和冷静实际上难以调和，此刻，凯蒂的耳畔仿佛又响起了圣约瑟姐妹打开诊疗室时里面病患发出的悲鸣声。

她们那么称赞瓦尔特让她难以置信。先是圣约瑟姐妹，之后修道院院长也是如此，她们一称赞他时就露出无比崇拜的神情。真是见鬼，她们夸奖他时她竟会感觉到有一丝骄傲。韦丁顿也提到过瓦尔特的医疗工作，不过只是称赞他的医术和头脑。当然，凯蒂在香港时就听别人说过他脑瓜聪明了。修女们还说他温柔和善、没有架子，他当然可能非常和善，要是有人生病，他肯定体贴入微，对待病人也是尽心尽力；他聪明豁达，不会对那些可怜的病人生气，他知道怎么抚慰病人，对他们轻手轻脚，绝不弄疼他们。这个人一走近病人，病痛就神奇地消失了。现在她明白再也不能从他的眼神中看到对自己的爱惜了，过去她对那眼神习以为常，甚至还感到厌恶。他对别人怀着深沉博大的爱意，如今又用一种奇特的方式，把它倾注到那些把希望寄托给他的病人身上了。凯蒂并不嫉妒，只是有点失落，就好像她长久以来喜欢倚靠的椅子靠背被突然抽走了，使她一下子难以适应。

想起她当初那么鄙视瓦尔特，现在她只能鄙视自己。她当初怎么看待他的，他肯定非常清楚，可他还是无怨无悔地爱她。他知道她是个傻瓜，因为十分爱她，所以也就不在乎了。她不再恨他，只觉得是自己有眼无珠。他有着高尚的人格，这种人格甚至可以称得上伟大，尽管这人格时常让她觉得有些古怪、不可理解。可总比那个不值一提、没有人格的男人要好太多。白天她一直在想，查理·汤森究竟哪里值得她爱呢？他只不过是个毫无廉耻的骗子，彻头彻尾的二流货色。如果她现在还成天为他抹泪，那不是说明她还想着他吗？她必须忘记他。

韦丁顿对瓦尔特评价颇高。而凯蒂却对他的价值视而不见，为什么？只因他爱着她，而她却不爱他。一个男人爱上一个女人，如果这个女人不爱她，就会无比鄙视他。不过，韦丁顿也说他不是真的喜欢瓦尔特这个人。可那两位嬷嬷对他的喜爱明显有些别的情意。看来这些女人是真心欣赏他。她们敏锐地发现了在他的羞怯背后的仁慈与善良。

Chapter 45

说起来，最让凯蒂有感触的是那些修女们。先说脸蛋像红苹果似的、每天都快快乐乐的圣约瑟姐妹。她是十年前跟随修道院院长一起来中国的，这些年来，眼见姐妹们一个个因为疾病与贫困而死于这片陌生的土地，她还是矢志不渝，而且脸上的笑容从没消退过。她的乐观和豁达，是从何而来呢？然后，再说院长，想到这里，凯蒂似乎看到修道院院长就站在她面前，感觉自己那么渺小和羞愧。她是个没有一点矫揉造作的朴素女人，自身就带有一种威严，让别人心生敬畏。从圣约瑟姐妹平时的站姿和说话时的语调看，她对修道院院长的恭敬是出自真心的。韦丁顿虽然大大咧咧，玩世不恭，可在院长面前也会收敛不少。凯蒂觉得韦丁顿其实没必要告诉她修道院院长的出身，观其言谈举止，也能看出她家族的历史源远流长。她身上的威严之气，让别人只能恭恭敬敬、唯命是从。她身上有着优雅贵妇居高临下的恩赐态度，又有着圣徒自信的谦卑。在她坚定、美丽、憔悴的脸背后，你能看出仁慈与肃穆。她是个和蔼可亲的人，那群小不点儿会毫不畏惧地围住她，嬉嬉闹闹，只因她们知道这个人是真心地疼爱她们。当她看到那四个收留的新生儿时，脸上露出的灿烂的微笑，就像是一道温暖的阳光照射到了一片荒漠里。圣约瑟姐妹无意间说起瓦尔特是多么喜欢孩子，凯蒂微微有些吃惊。她知道瓦尔特希望她能给他生个孩子，尽管他一向沉默寡语，不过他应该会是一个好父亲。多数男人哄孩子都是笨手笨脚，可他却很爱和小孩相处，多么奇怪的一个男人。

虽然修道院的生活让凯蒂十分感动，在她心里却总有一个挥之不去的阴影（像银白色的云朵背后的一大块乌云），叫她开心不起来。圣约瑟姐妹的欢声笑语和修道院院长优雅的待客之道固然让她有些安慰，可总能隐约觉察出她们之间的那层隔膜，为此她感觉十分失落。她们对她是友善乃至热情的，但那更像是对待一个初来乍到的陌生人的礼貌。凯蒂总觉得她们好像在向自己隐瞒些什么，她们说的好多话凯蒂并不能理解，而且凯蒂与她们的心思也完全不在一个地方。凯蒂走出修道院大门的那个瞬间，她们会把她抛到脑后，而后急匆匆地忙自己的事，就跟她从没来过一样。她觉得自己不仅是被关在那所小修道院的门外，而且被关在了她一直追求的神秘的精神花园的大门外。她突然感到前所未有的孤独。这就是她此刻哭泣的原因。

她疲惫地靠在椅背上，轻轻地对自己说道："唉，我真是个无关紧要的人啊！"

Chapter 46

那天傍晚，瓦尔特比平时提前了一会儿回家。凯蒂正躺在长椅上，面对着敞开的窗户发呆。

"要点灯吗？"他问道。

"晚饭准备好了，他们就会掌灯了。"

他一直说着些无关紧要的事，好像他们两个不是夫妻而是老朋友，从他的举止看不出他有什么愤怒和恶意。他还是以前的老样子，不怎么笑，也不看她的眼睛，彬彬有礼。

“瓦尔特，如果这场瘟疫过后我们还活着，你打算带我去哪？”她问道。

他没有回答。凯蒂看不清他的表情，过了一会儿，他回答说：“我还没有想过。”

要是以前，她会想到什么就说什么。不过现在，她有点怕他了，她的嘴唇有点颤抖，心也怦怦乱跳。

“今天下午我去过修道院。”

“我听说了。”

她尽量保持克制，可还是有点紧张。

“你带我来这儿，真的是想让我死吗？”

“凯蒂，如果我是你，我就会忘掉那件事。”

“可是你没忘对不对，我也没忘。刚来这儿时我就一直在想一些事情。你愿意听听我的真心话吗？”

“当然。”

“我以前对你很不好，而且，我做了不忠于丈夫的事情。”

他一动不动地站在那儿。他的这些举动显得有些吓人。

“我不知道你是否明白我的意思。那件事对一个女人来说，过去了就烟消云散了。我不能理解男人对这种事情的态度。”她突然开口，嗓音变得她自己都认不出了，“你知道查理是什么样的人，你也知道他的所作所为。哦，你是对的，他就是个卑鄙无耻的小人。我当初也和他一样，不然就不会上他的当了。我不请求你原谅我，也不奢求你像从前一样爱我。我只是想说，我们就不能成为朋友吗？看在我们周围有成千上万的人们正在死去的分上，看在修道院里那些修女的分上……”

“那些人和这件事又有什么关系？”他打断了她的话。

“我不知道该怎么解释。今天我到那儿的时候总有种强烈的感觉，似乎我必须做点什么。那里的惨状让人揪心，她们做出的牺牲太让人震撼了，我非常佩服她们。我忍不住想，如果你因为一个愚蠢女人对你的不忠就让自己难过忧伤，那就太傻太不值得了。我微不足道，毫无价值，为了我完全不值得那样。”

他没有回答，但是也没有走开，似乎在等着她继续说下去。

“韦丁顿先生和嬷嬷们告诉我你的很多事情。瓦尔特，我为你自豪！”

“这不像你的风格。你一直都不怎么看得起我的。现在怎么这么说？”

“你不知道我担心你吗？”

他又不说话了。

“我没听明白你要说什么，”他终于说道，“我不知道你想干什么？”

“不是我要怎么样。我只是想你不要因为我而不快乐。”

她看到他仍像雕像一样一动不动，好一会儿，才听他回答道：“你觉得我会不快乐？那是你多虑了，每天我都忙得不可开交，恐怕根本没多少时间想你。”

“我想你帮我问问嬷嬷，是否愿意让我去修道院帮忙。她们人手不够，太辛苦了，要是我能尽一点力，那我会很开心的。”

“那种活儿既枯燥又耗费体力。我怀疑你坚持不了几天。”

“你就这么看不起我吗？瓦尔特。”

“不，”他的声调变得有些古怪，停顿了一下继续说道，“我是看不起我自己。”

Chapter 47

吃过晚饭，瓦尔特像往常一样在桌边读书。他每晚都是如此，一直读到凯蒂困了上床睡觉，然后，到他的实验室继续忙碌，一直干到深夜。夜里他从来不怎么睡觉，一直在搞一些可能有用的实验。即便是在婚姻的蜜月期他也是如此，常常会在夜里还忙活一会儿，因此凯蒂也不会介意。她没听到他为自己辩护什么，因为他的座右铭一直是沉默是金。她对他的了解少得可怜，连他的话是出自真心还是有意敷衍，都区分不了。此刻，他恰似一座叫人压抑的黑色大山挡在她面前一样，叫她透不过气，而她在他眼里，算是可有可无的了吧！这不禁叫她想起以前的美好，她在那里无理取闹都能把他逗乐，现在他不爱她了，她跟他讲的话他也不会放在心上。想起这些，她心里觉得有些后悔。

凯蒂出神地望着他，灯光下他精致的五官看得极其清楚。他的神情与其说是冷峻，不如说是残酷。整个身体不怎么活动，只是视线随着书页左右移动，看着叫人有些害怕。除了凯蒂，哪个女人还会知道这张严酷的脸还有柔情似水的时候呢？她又想起过去他的纵容和宠爱，再看看现在冷冰冰的他，觉得无论现在还是过去的他都是个奇怪的男人。不知为什么，他面容清秀，为人可靠，很有才华，可她就是不爱他。如今他不会主动亲吻和爱抚她，那样也好，让她松了一口气。

她问他为什么非要带她来这里，是不是想让她死时，他默不作声。他葫芦里到底卖的什么药？像他这么个心地善良的人，绝不可能会有什么歹意。他最初可能就是想吓吓她，叫她看清楚查理的嘴脸，讽刺他们这一对儿间脆弱的感情，后来，可能觉得既然已经这么说了，为了固执也好，为了保全面子也好，就真带她来了。

还有，他为什么说他鄙视他自己呢？凯蒂又瞧了瞧他冷峻又严厉的脸，看他的表情像是房间里根本就只有他一个人，而她根本不存在似的。

“你为何要鄙视自己？”她突然这么问道，几乎是脱口而出，一切像是接着傍晚的对话，中间没有丝毫停顿。

他放下书，转过脸静静地看着凯蒂，皱着眉头想了好一会儿，好像是想把自己从遥远的思绪里拉回来。

“因为我爱过你。”

她的脸一下子红了，头连忙扭了过去，她受不了他的凝视，他冷峻的眼神好像在品评和观察着她。她一下子就明白了他的意思，不过，许久后她才开口继续说道：“我觉得你对我要求太苛刻了。你不能因为我的无知、轻佻、虚荣，就责怪于我，这对我很不公平。我就是在那样的氛围里长大的，我身边的每个女孩无不如此，母亲从小就教育我要如此生活……一个人因为没有音乐品位而觉得交响乐乏味不是很正常吗？你不能因此就责怪他。你觉得我该有的一些品质，而我没有，你也不能因此怪我。我从来没有骗过你，我一直都在做真实的自己。生活没有给我机会去思考那么多，我仅仅就是爱漂亮，性格开朗。你不能指望着在集市货摊上买到珍珠玛瑙和貂皮大衣，在那儿你只能买到锡皮小号和玩具气球。”

“我没责怪你的意思。”

他回答的声音有些敷衍了事，这让凯蒂有些生气。为什么他就不能认真聆听她的话呢？凯蒂突然明白过来，和笼罩在这里每个人心头上的死亡相比，和那天她在修道院遇见的圣洁心灵相比，他们之间的那点爱恨情仇又算得了什么呢？瓦尔特那么聪明，为什么就想不明白这一点呢？一个愚蠢的女人出轨了又能怎么样？为什么他就不能轻描淡写，翻过这一页呢？他当初以为她是美丽纯洁的天使，为她付出了全部的敬仰和爱意，后来却发现她其实是虚有其表，就再也不肯原谅自己，也不肯原谅她了。他的心灵受了伤害，他生活在他自己编织的世界里。当他看见事实的真相，他的生活被摧毁殆尽。显然，他不会原谅她，因为他无法原谅自己的愚蠢。

她似乎听到他轻轻地叹了一声，便立马朝他瞥了一眼。她的心里突然闪过一个念头，几乎叫她吓了一跳，差点叫出声来。

看着他的样子，她突然明白过来——他的心已经裂成了两半儿。

Chapter 48

第二天，从早晨到日落，凯蒂的心里都在想着修道院的事情。第三天，瓦尔特早上一出门，她就吩咐用人们给她准备轿子，她要过河进城。天光还未大亮，过河的船上挤满了中国人，套着粗布上衣的是农民，身披黑色褂子的是老爷。他们的脸色很是特别，一个个面如死灰，透过朦朦胧胧的雾气看他们时，只觉得这船上坐着的是一群亡魂。等到了河对岸，他们下了船后，还会茫然地站在码头上好一阵子，好像想不起来要去什么地方，过了一会儿才三三两两地结伴朝山坡上走去。

这个时候，城里的大街上冷冷清清的，像是一座死城。几个行人走在路上也是晃晃荡荡、有气无力，碰到他们时只觉得遇见了鬼魂。天气晴朗，太阳出来后，温暖的阳光照在大街上，叫人的心情也为之舒畅。很难想象，在这样一个阳光明媚的早晨，这座城市已经被瘟疫摧残得遍体鳞伤，它像是被一个疯子死死掐住了脖子，已经奄奄一息了。人们在痛苦中挣扎着，在恐惧中死去，而这美丽的自然（像是孩童心灵一样清澈纯洁的蔚蓝天空）竟会无动于衷。轿子停在修道院门口的时候，刚好一个乞丐从地上坐了起来，伸手朝凯蒂要钱。他穿着褪了色不成形的破烂衣服，像是刚从垃圾堆里爬出来一般。透过衣服的破口子，她看到他的皮肤粗糙皴裂，硬得像山羊皮，双腿赤裸在外，瘦得像根竹竿儿。他蓬头垢面，脸颊下陷，眼神诡异，简直就是一个疯子。凯蒂连忙把目光从他身上移开，轿夫大声呵斥叫他滚开，可他依旧赖着不肯走。为了赶紧打发了他，凯蒂颤颤巍巍地把几个铜板给了他。

修道院的门打开了，用人走上前去向门内的人通报说，她家主人想见见修道院院长。她被带到了那间之前去过的会客室，屋里的那扇窗户紧闭着，好像很久都没打开来通通风了。她坐了好久也没见有人过来，让她怀疑是否有人把她的来访告诉院长。又过了好一会儿，院长终于走了进来。

“让你久等了，请求你的原谅。”她说道，“对你的来访我毫无准备，因为事情很多，抽不开身。”

“打扰了，真是不好意思。我实在不该这个时候来访。”

院长庄严亲切地朝凯蒂微微一笑，并提醒她坐下。凯蒂发现院长的眼睛肿了，看得出她刚刚哭过。这叫凯蒂很意外，因为在她的印象里，俗世的烦恼很难让眼前的这位女士动心。

“是不是有什么可怕的事情发生？”她试探着问，“要是现在不方便的话，我换个时间再来。”

“不，不。你有事就说吧。我只是……只是昨天晚上我们的一个姐妹去世了。”她眼里充满了泪水，说话时声音都有些颤抖，“我这么为她悲伤是有罪的，因为我知道她善良纯洁的灵魂已经

直升天堂，她是位圣徒。可明知这些，要克服我们身上的弱点真是太难了，恐怕我还不是一个有足够理性的人。”

“我很抱歉，我真的很抱歉。”凯蒂说道。

凯蒂很有同情心，她说出这些话时已经抽泣起来了。

“她是十年前跟我一起离开法国的姐妹之一。现在，那时的姐妹只剩下我们三个了。我记得，那时一起离开马赛港时，我们几个幸福地站在船尾，静静地望着圣母玛利亚的金色雕像，口里一同念着祈祷词。加入教会以后，我一直希望教会能派我到中国去。然而当看到祖国正慢慢离自己远去时，我还是忍不住哭了。我是她们的院长，可我却没有给孩子们做出个表率。昨晚，圣弗朗西丝·夏维姐妹握住我的手，叫我不要悲伤。她说，无论我们走到哪里，法国和上帝都在我们身边。”

出自人类天性的悲痛与内心的信仰和理智相互交锋，让她肃穆而俊美的脸庞扭曲了。凯蒂看向了一边，她觉得在这种情况下盯着看是不礼貌的。

“刚才我一直在那儿给她的父母写信。她和我一样，是家里的独生女。她的父母是布列塔尼的渔民，这个消息对他们来说太残忍了。唉，这场可怕的瘟疫什么时候才会停止呢？今天早上，我们院里的两个小女孩也发病了，除了奇迹，没人能救得了她们。这些中国人对病毒的抵抗力很差。失去圣弗朗西丝姐妹对我们是个巨大的打击。我们要做的事情很多，可往后人手又少了一个。虽然中国各处修道院的姐妹们都很想过来帮忙，她们确实也做好了为这里舍弃一切的准备（她们也都不怕这样的牺牲），可到这儿来几乎就意味着死亡。只要我们现在的人员能够做到，我不想再有其他姐妹白白地牺牲。”

“您的话对我是种激励，嬷嬷。”凯蒂说道，“很遗憾我在这个让人伤心的时刻前来。那天听你说姐妹们的人手不够时，我就想你是否会同意我过来帮你们。只要能帮上忙，我做什么都可以的。哪怕你安排我擦地板，我也很感谢。”

修道院院长开心地笑了。她不曾想此人的感情转换得这么快，这让她惊讶不已。

“怎么会让你擦地板呢？那些孤儿凑凑合合着也能做。”她停了一下，用十分慈祥的目光望着凯蒂。“我亲爱的孩子，你不觉得你能随丈夫来到这里已经很难得了吗？很多妻子都不会有这种勇气的。还有，要是你能在他劳累一天之后，安慰和鼓励他，叫他得到安静和休息，就没有比这更有意义的了。请相信我，他需要你对他的爱和体贴。”

凯蒂不敢正视院长的眼睛。那双慈祥的眼睛正锐利地盯着她。

“我恐怕从早到晚都没什么事情好做。”凯蒂说道，“一想到你们的工作那么繁重，而我整天却无所事事，我就觉得自己是个废物。我无权要求你的怜悯，也不想给你带来麻烦，但我说的话都是真心的。假如你能同意我的请求，我真的会非常感谢。”

“你的身体看起来不是很好。前天来看望我时，我就发觉你脸色苍白。圣约瑟姐妹还说，她估计你是怀上了孩子。”

“不，没有！”凯蒂急忙回答道，脸一直红到了耳根。

修道院院长发出铜铃般的笑声，而后继续说道。

“这有什么难为情的？亲爱的孩子，这一猜测也不是没有根据。你们结婚多久了？”

“我天生就肤色苍白，我的身体也并非十分强壮。但我可以保证，我不怕吃苦，我觉得我能干好。”

修道院院长神情严肃起来，不知不觉间就恢复了常日里的那种威严。她用品评的眼光盯着凯蒂，凯蒂不由得有些紧张。

“你会说汉语吗？”

“好像不会。”凯蒂回答说。

“呃，那太可惜了。我本来打算让你照看那些年龄大一点的女孩子。但是现在可能行不通了，恐怕她们会变得——用英语怎么说？无法无天了？”她下结论似的最后说道。

“我能帮姐妹们照料那些病人吗？我一点也不怕霍乱，我能帮忙照顾那些患病的姐妹或是士兵。”

修道院院长脸上的笑容一下子不见了，她面色深沉地摇了摇头。

“你对霍乱还不了解。那种可怕的场面会吓坏你的。医疗室的工作是由士兵来完成的，我们只派了一个姐妹过去监看一下。至于那些生病的女孩子……不，不，我确信你的丈夫绝不会希望你去那里的，更不想让你看到那里可怕的场景。”

“我会慢慢习惯的。”

“不，绝对不行。这是属于我们的职责和义务。我不能让你替我们冒险。”

“你使我觉得我是个毫无用处的人。我不相信，就没有我可以帮上忙的地方。”

“你的这些打算跟你的丈夫商谈过吗？”

“是的。”

修道院院长盯着凯蒂，好像就要看穿她心底的那些秘密了。可是，她又注意到凯蒂那焦急、恳切的神情，又微微一笑。

“你当然是新教徒了，是不是？”她问道。

“是的。”

“那也没关系。维森医生，也就是去世的那位传教士，也是一位新教徒。那没什么影响，他依旧是我们的亲人。我们都十分感激他。”

凯蒂的脸上露出一丝笑容，但什么也没说。修道院院长沉思片刻，然后站起身来。

“你是一个有爱心的姑娘，非常感谢你。那我就给你安排些事情做。的确，圣弗朗西丝姐妹离开我们以后，事情太多，我们都应付不过来了。你什么时候可以开始工作？”

“现在就可以。”

“好极了。听到你这么说我很开心。”

“我向你保证我会全力以赴的。对于你给我的机会我十分感谢。”

修道院院长打开了会客室的门，她刚想要出去时，又突然停了下来，意味深长地望了凯蒂好一会儿，而后，将一只手轻轻搭在凯蒂的胳膊上说道："你知道，我亲爱的孩子，心灵的安宁，从工作中找不到，在欢乐中找不到，在尘世或是修道院都找不到，它仅仅存在于你的心灵里。"

凯蒂听后微微一惊，然后随院长快步走出了房门。

Chapter 49

修道院的新生活让凯蒂的心情为之一新。她每天在太阳还没升起时，就赶到修道院，干完一天的工作回到住所时，西沉的夕阳已经把门前的小河和码头染成了金黄色。凯蒂的任务是照顾几个幼小的孤儿。凯蒂的母亲嫁到伦敦时就把她在利物浦娘家做家务的本事一并带来了，尽管凯蒂从小一直养尊处优，不过耳濡目染，也显现出做家务的天分。她厨艺高超，缝纫的功夫也不错。修女们看到她在缝纫方面的天赋后，安排她去指导那些年纪稍大的女孩做缝补的工作。那些女孩会说一点法语，凯蒂则每天学会几句中国话，因此这些工作对凯蒂没什么难度。有时，凯蒂必须看管好那些年纪稍小的孩子，免得她们大喊大闹。她得帮他们穿衣、脱衣，保证她们适时休息。那群小婴儿被交给修女照顾，凯蒂也被要求留意她们的情况。都是些琐碎简单的工作，她想接受一些更有难度的工作，可院长却不愿那样，凯蒂对院长充满敬畏，因而也不敢多说什么。

开始的那几天，凯蒂不得不克服心里对这些小女孩的厌恶感，她们穿着破烂的制服，头发又黑又硬，又黄又圆的脸上黑色的眼睛显得有点直勾勾的。凯蒂回忆起了刚来修道院时看到的情景——修道院院长被这群丑陋的小东西团团围住，却露出一脸慈祥的微笑。于是，凯蒂决定不能仅凭感情的好恶来对待她们。当这些小东西因跌倒或长牙而号啕大哭时，凯蒂会把她们抱起来。她很快发觉只要温柔地安抚她们——尽管她们听不懂，只要用手臂抱着她们或是把脸颊紧贴在她们的脸颊，她们就会好一些。这些小孩子对凯蒂也没有丝毫惧怕，一遇到什么麻烦就会去找她，凯蒂感受到自己被信任，一种奇特的幸福感就油然而生。那些年纪稍大的女孩也一样，一句表扬的话就能让她们露出灿烂的微笑，这让凯蒂感动不已。凯蒂觉得这些孩子喜欢她，心中感到一阵自豪的感觉。反过来，她也喜爱这些孩子。

但有个孩子，凯蒂怎么也不能和她亲近起来。那个六岁的小女孩是个白痴，因为脑积水长着巨大的脑袋，四肢短小，走起路来摇摇晃晃，大大的眼睛空洞呆滞。这小东西老是含混不清地重复着几句话，让人觉得反感和害怕。可是不知为何，她对凯蒂有种独特的迷恋，在屋里无论凯蒂走到哪儿她都会紧紧地跟着。那小东西抓着凯蒂的裙子，把脸紧紧贴住她的膝盖处，她想得到凯蒂双手的轻抚。凯蒂厌恶得浑身发抖。虽然知道她渴望爱抚，凯蒂却始终鼓不起勇气去触碰她。

有一次，凯蒂跟圣约瑟姐妹说起那个智障小孩，凯蒂说她这样活着真是太可怜了。圣约瑟姐妹笑着向那个可怜的小东西伸出手臂。她开心地走过来，用凸起的前额蹭圣约瑟姐妹的手。

“可怜的孩子，”圣约瑟姐妹说，“当初她被送来时已经奄奄一息了。都是神的旨意，那天是我在门口碰到她，她就剩最后一口气，我一刻也不敢耽误，立即给她做了洗礼。您可能不知道，为了保住她的性命，我们费了多大的气力。有三四次，我们以为她的小小灵魂就要升入天堂了。”

凯蒂没有说话，圣约瑟姐妹开始滔滔不绝地讲起其他事。第二天，那个痴呆的孩子又跑到凯蒂跟前，轻碰凯蒂的手。凯蒂鼓起勇气，用手轻轻抚摸她的大脑袋，并勉强挤出一丝微笑。可她竟一反常态，立马扭头离开了。她似乎对凯蒂失去了兴趣，那天以及往后几天，她都对凯蒂视而不见。凯蒂不知道怎么回事，曾试着用微笑和手势去吸引她，可她就是把头一扭，装作没有看见。

Chapter 50

修女们总是从早到晚忙碌个不停，除了在那间简陋的礼拜堂做祷告外，凯蒂很少能再看到她们。凯蒂来修道院工作的头一天，修道院院长看到小女孩们按年龄大小整齐地坐在餐桌前，凯蒂坐在她们后边，就叫住她，和她交谈起来。

“我们来这里是做礼拜，你不用跟我们一起来的。”院长说，

“你是一名新教徒，你有你的自由。”

“是我自己想来，嬷嬷。做祷告让我感到安心。”

修道院院长神情庄重地望了她一会儿，轻轻点了点头。

“当然，你想来也很好。我只是想让你知道，这不是你的义务。”

凯蒂和圣约瑟姐妹很快就熟悉了，并且变得十分亲密。圣约瑟姐妹掌管着修道院的财务大权，大家的饮食起居各种开销都要她一人操持，所以每天都忙得不可开交。她每天唯一的休息时间就是在礼拜堂做祷告时。傍晚时，她会来凯蒂这里，看凯蒂和那些女孩做缝纫，诉说她一天忙碌的工作。修道院院长不在跟前时，圣约瑟姐妹变得欢快和健谈，喜欢开玩笑，也会传播些流言蜚语。凯蒂感觉圣约瑟姐妹很亲切，尽管她穿着教袍，但仍然是脾气随和、乐观朴实的女性，凯蒂也喜欢和她聊天。凯蒂不担心圣约瑟姐妹听出她的法语有多烂，凯蒂说错时，她们会一起大笑。圣约瑟姐妹会教凯蒂一些有用的中国话。圣约瑟姐妹的家乡位于法国乡下，从本质来说，她依然是一位农民。

“我小时候常去放牛，”她说，“跟圣女贞德一样。但是我这人太堕落了，无法看到异象。不过，这也许也是好事，要是我能看到的话，我想我父亲一定会用鞭子打我。他过去常常抽打我。他是个善良的老头儿，我挨打都是因为太调皮了。现在想起当年搞的那些恶作剧，还会觉得很惭愧。”

凯蒂听后大笑起来，没想到这位发福的中年嬷嬷也曾是个顽皮的小孩子。而且就算现在，圣约瑟姐妹身上也有天真的一面，

让人感觉很亲切——她的身上似乎散发着一股秋日的乡村气息：苹果树上挂满了苹果，庄稼收割好了，谷物也搬进了粮仓。圣约瑟姐妹没有修道院院长身上那种悲戚圣洁的气质，但拥有一种简单快乐的天性。

“你从来没想过回家吗，嬷嬷？”凯蒂问。

“哦，没有。如果回去的话，再回到这里就更困难了，没法回去。再说我喜欢这儿，能照顾那些孤儿，我感觉很快乐。她们那么好，那么招人喜欢。人人都有父母，我也不敢忘记他们的养育之恩，不过，做一个信奉美好宗教的修女挺好的。我的母亲老了，不能再见她一面让我很难过，不过她挺喜欢自己的儿媳妇，我哥哥待她也很好。哥哥的孩子现在也长大了，我想他们应该很开心，农场里又多了两个好帮手。我离开法国的时候他们还是小孩，但是他们日后一定会成长为身强力壮的小伙子。”

在安静的房间里聆听着圣约瑟姐妹的故事，很难想象在四面墙之外霍乱正在猖獗蔓延。圣约瑟姐妹并不担心这场瘟疫，凯蒂不知不觉受到她的影响。

圣约瑟姐妹对这个世界和所有世人有种天真的好奇心。她向凯蒂打听关于伦敦和英格兰的种种问题，她问凯蒂伦敦在有雾的时候是不是真的伸手不见五指，凯蒂有没有去参加过舞会，是不是住在豪华的宅子里，身边有几个兄弟姐妹。她时常提到瓦尔特，说修道院院长认为他非常了不起，修女们都在为他祈祷，说凯蒂是何等幸运，有这样一个聪明、勇敢的丈夫。

Chapter 51

可圣约瑟姐妹的话题迟早都会转到修道院院长身上。凯蒂一开始就看出来，院长的人格影响着这所修道院。修道院里的每个人固然爱戴她和敬佩她，同时也有些害怕她。尽管她很慈祥，但凯蒂在她面前依旧表现得像个女学生一样不自在。圣约瑟姐妹性格坦率，急于让凯蒂了解修道院院长，告诉凯蒂修道院院长出身名门世家，她的先辈曾是历史上举足轻重的人物，欧洲一半的国王称呼她为小表妹——西班牙阿方索国王曾在她父亲的庄园打猎，她家在法国各地都有很大的别墅。院长舍弃掉那些荣华富贵的生活一定非常艰难。凯蒂微笑着听着，心里对院长充满了敬佩。

“要证明这一点，你只需看看她的手，”圣约瑟姐妹说，“就能知道她出身名门。”

“她的手确实是我见过最漂亮的。”凯蒂说道。

“嗯，可你真该看看她是怎么用这双手的。我们的院长，她从不怕干活。

“修女们刚来这里时，这里没有任何宗教设施，是她们修建了这所修道院。修道院院长规划了方案，并自己监管施工。她们一到这里就开始收留那些被遗弃的女婴。刚开始时，修女们没有床铺睡，窗户上没有挡风的玻璃，更没有一点称得上卫生的东西。

她们不仅要付工匠的酬劳，还要负责他们的伙食，所以时常连粗茶淡饭也吃不起。她们生活得像当地的农民一样，甚至都不能说像法国的农民，这些饭菜给他父亲手下的农民，他们都不愿吃，那是给猪猡的东西。那时候，修道院院长就把修女们召集到自己身边，她们跪在地上祈祷圣母玛利亚派人给她们把钱送来。第二天，她们就收到从邮局寄来的一千法郎汇票。有时，正当她们跪地祷告时，一位素不相识的英国绅士也可以称得上新教徒，或者一位中国先生就会敲响修道院的大门，给她们送上一份帮助。有一次，她们的处境实在是太过窘迫，于是她们向圣母玛利亚起誓说，只求圣母能救济她们，她们愿意背诵《九日经》来表达对圣母的感谢。你猜接下来怎样？第二天，那个有趣的韦丁顿先生就来到了这里，说看我们的样子，应该很想好好吃一顿肥美的牛排，所以就给了我们一百英镑。

“呵，那个小个子男人真逗，光秃秃的头，瞪着他那对精明的小眼睛，还有他讲的那些笑话，我的天啊，他竟能把法语说得那么难受，让你忍不住发笑。他老是一副乐天派的模样。虽说现在瘟疫蔓延，可他每天都过得跟度假似的。他的性情和头脑倒像个法国人，要不是因为他的口音，你真不敢相信他是英国人。圣约瑟姐妹有时怀疑，他是故意把法语说得那么蹩脚，好逗人发笑。当然，韦丁顿的品行不能令人满意，但那毕竟是他个人的事。”圣约瑟姐妹耸了耸肩，叹了口气：“那时他还是个单身汉，又年纪轻。”

“他的品行有什么不好，我的姐妹？”凯蒂微笑着问。

“你真的不知道吗？要是我告诉你，可是有罪过了。我本不该说这些事的。他和一个中国女人住在一起。准确点说，不是汉人，是满洲人，好像是一位格格，她发疯似的爱着韦丁顿。”

“这听起来有点不可信。”凯蒂说道。

“千真万确，我向你担保这事儿绝对是真的。他那人狡猾得很，对这件事一直守口如瓶。你第一次来修道院时，他不吃我特意做的玛德琳蛋糕，你没听到院长说他的胃都被满洲菜惯坏了？不知你还记不记得。院长说的就是那件事，你当时也看到他也在点头认可。这个故事也算得上离奇了。辛亥革命那会儿，他被派驻在汉口，那时的汉口正在屠杀满洲人，这好心的矮个子韦丁顿救了一家满族贵族。这家贵族是皇帝的亲戚。那家的一个女孩疯狂地爱上了韦丁顿，接着——剩下的故事你猜也能猜到。后来韦丁顿离开时，那女人就跟着韦丁顿一起私奔了。现在只要韦丁顿到哪，那女人就跟他到哪，韦丁顿不得不接受她。不过，我想韦丁顿也非常喜欢那女人，这些满洲女人有时候也挺迷人的。我这是都在说些什么呀！还有一大堆的活儿等着我干呢，我还在这儿坐着。我真不是个好修女。我真是感到惭愧。”

Chapter 52

凯蒂大概有种感觉，那就是自己正在变得成熟。修道院里，

她被分配去照顾那些孤儿，她们跟她从陌生到熟悉，后来几乎离不开她了。充实的工作让她远离了烦恼。新鲜的人和事物带给她新的启发。她变得有活力，身体比以前更结实健康，而且时常还会开怀大笑。现在的她什么事情都可能做，就是不会再无缘无故地哭了。她已经适应了这个瘟疫肆虐的中心地带，尽管知道周围有一些人正在因疾病死去，她也能控制自己不去胡思乱想了。但修道院院长严禁她去医疗室，那扇门里的状况彻底激发了她的好奇心。她真想偷偷跑过去瞧个明白，可要是被人告诉修道院院长，不知院长会怎么惩罚她呢！院长有可能会把她赶走吧，而今她正专心致志地照看那些孩子，要是她走了，她们肯定会想念她的。其实，她也舍不得离开她们。

那天她忽然意识到，自己已经一个星期没想起过或是梦到查理·汤森这个人了。而且跟以前不同的是，想起他时也能够淡然处之。她成功地忘记了他，有种如释重负的感觉。想想以前，自己是那么渴求他的爱。当他抛弃她时，她几乎死的心都有了。她悲哀地给自己下了个结论——痛苦地度过往后的人生。再看看现在的自己，不是开开心心的吗？他这个跳梁小丑，当初的自己真是个傻瓜！现在想想，她是怎么看上他的呢？幸亏韦丁顿不知道这件事，否则他肯定会挤眉弄眼地挖苦她一通。她获得了解放，自由了，终于自由了！她都有点想唱出声来了。

此时，孩子们正在嬉戏打闹，之前，她只会静静地看着她们在那玩儿，只有在她们太吵闹或是做出什么出格的事时，才会去制止她们，以免她们受伤。但今天，她不知怎么回事心情突然就特别好，觉得自己又变得和孩子们一样年轻，跟孩子们一起嬉戏起来。小女孩们看到她的加入自然很欢迎。她们一起在房间里做起游戏，尖叫着大声喊着，高兴得像发疯了一样。她们越来越兴奋和激动，高兴地唱啊，跳啊，声音弄得越来越大。

门突然开了，修道院院长出现在门口。十几个小女孩正兴奋地围着凯蒂，扯着她的手臂高声喊叫，凯蒂一脸不好意思，连忙从其中挣脱出来。

“你就是这样让孩子们听话和保持安静的吗？”修道院院长微笑着问道。

“我们在做游戏呢，院长。她们太开心了。是我不好，是我太惯着她们了。”

修道院院长走了过来，孩子们像往常一样把她围在中央。她把手放在孩子们的幼小的肩膀上，逗乐似的拉了拉她们小小的耳朵。她面带微笑，盯着凯蒂看了好一会儿。凯蒂的脸红了，她呼吸急促，水汪汪的大眼睛里闪着光，一头秀发因刚才的嬉戏而变得凌乱，显得妩媚动人。

“你多么漂亮，我亲爱的，”修道院院长说，“看着你都让人开心。怪不得这些孩子会喜欢你。”

凯蒂的脸变得更红了，不知为何她的双眼突然流出了眼泪。她连忙用手去擦。

“啊，嬷嬷，快别说了，羞死人了。”

“好啦，别犯傻了。美貌是上帝给予你的恩赐，如果我们有幸得到美貌，那就应该感谢上帝的恩赐；如果我们不能拥有，别人的美貌也能给我们带来喜悦，我们同样应该感恩。”

修道院院长又露出微笑，轻轻拍了拍凯蒂的脸颊，在她眼里，好像凯蒂也是个孩子。

Chapter 53

凯蒂来修道院帮忙后，跟韦丁顿相处的时间就少了。有两三次，韦丁顿到修道院来看她，他们两个一起去山上散步。他有时也去凯蒂家里喝一杯威士忌加苏打，但很少留下来吃晚餐。一个星期天，韦丁顿提议他们带着午饭，坐轿子去一座寺庙游览。那间寺庙是个小有名气的朝圣地，离城里有十英里远。修道院院长坚持认为凯蒂周日应该休息一天，那天坚决不让她来修道院，而瓦尔特仍然像往常一样忙碌。

那天，为了避开中午的炎热天气，他们早上就出发了。他们坐着轿子，沿着稻田间狭窄的小路行进，他们时常会路过一户户农家，农舍掩映在幽静的竹林里。这种悠然自得的闲适让凯蒂感到愉快。他们到了寺庙，发现这里依山傍水，绿树成荫，寺庙的破旧厢房就搭建在河边。笑容满面的和尚在他们前面带路，他们穿过庄严寂静的庭院，参观各处佛殿以及高大狰狞的佛像。宝殿里摆放着一尊佛陀像，带着淡漠慈悲、若有所思的笑容。一切都笼罩在悲伤之中。寺庙已让人感觉到破落，往日的金碧辉煌损毁殆尽，佛像上落满灰尘，当初雕刻这尊佛像的百姓对它的虔诚信仰已经开始消泯。和尚们好像是被勉强留下来的，他们马上就要被迫出外云游。住持毕恭毕敬，笑容里透出一股对自己即将退隐的自嘲。这些无人看管的庙宇在自然之力面前，在狂风暴雨的侵袭下，总有一天会湮没在四周的荒野之中。树蔓爬上了颓坏的佛像，野草长满了庭院。这里不再是佛祖神明的殿宇，而将成为妖魔鬼怪的容身地。

Chapter 54

他们坐在钟楼的台阶上，钟楼有四根涂红漆的柱子支撑，盖着高高的瓦屋顶，下面挂着一口巨大的铜钟。坐在台阶上，能看到河水缓缓流过，蜿蜒地流向那座正在受难的城市。他们仍能看见城墙上的垛口。热气像一团热雾笼罩在城市的上空。河水流得很慢，但你仍然能看出它在流动，让你突然感受到万物流逝的悲伤，它们又能留下什么痕迹呢？凯蒂感觉，世间一切，包括人类，就像这河里的水滴，彼此既近在咫尺又远在天边，最后都汇聚到一条无名的溪流，涌入海洋。一切事物都是短暂的幻象，一切都无关紧要。人类把那些无关紧要的小事看得那么重要，为之伤心忧虑，真是太不值得了。

“你听说过哈林顿花园吗？”凯蒂微笑着问韦丁顿。

“没有。怎么了？”

“没什么。那地方离这里远极了。是我家人住的地方。”

“你想回家了吗？”

“不是。”

“我猜你一两个月后就能离开这里了。瘟疫好像正在消退，天气转凉后，就会彻底消失了。”

“其实我一点也不想离开这儿。”

忽然，凯蒂想到了未来，她不知道瓦尔特心里怎么想的。瓦尔特从没有跟她谈起过未来，他冷静文雅又沉默高深。他们两人像河水里挨得很近的两滴小水滴，也不知会流到什么地方。这两滴小水滴的个性一点都不同，但旁人也无法把他们从整个河流的无数小水滴中分辨出来。

“你可要当心，别让那些修女说服你皈依天主教。”韦丁顿说道，露出他招牌式的坏笑。

“她们整天都忙得不可开交，可没空这么做。她们不会关心我信不信的。她们是一群善良的好人。但是我总觉得，她们和我之间隔着一堵墙，不知道是因为什么。就好像藏了一个天大的秘密，正是它彻底改变了她们的生活，而我却没资格知道。这个秘密不完全是信仰，它是比信仰更深层、更有意义的东西。她们的生活与我们的是不同的，在她们看来，我们都是陌生人。每天，修道院的大门在我身后关闭后，对她们来说，我这个人便从她们的世界消失了。”

“我能理解，这可能打击到了你的虚荣心。”韦丁顿嘲笑似的说道。

“我的虚荣心？”

凯蒂耸耸肩，接着又慢慢转身，微笑地面对韦丁顿。

“你为什么从不告诉我，你和一个满洲公主生活在一起？”

“那些没事就爱瞎扯的老女人都对你说了些什么？要我说，对于修女来说，无故聊起一位海关官员的私事可不是什么好事。”

“你干吗这么在意？”

韦丁顿眼睛看向别处，接着也微微耸了耸肩。

“这不是什么可以拿来炫耀的事。我不知道把这件事宣扬出去对我有什么好处。”

“你很喜欢她吗？”

这时韦丁顿仰起头，那张丑陋的小脸露出小学生似的调皮神色。

“她为我放弃了她拥有的一切。庭院、家庭、养尊处优的生活，还有她的自尊。她抛弃这些跟着我已经很多年了。有两三次，我赶她走，可她又回来了，我曾经偷偷溜走，但她总是设法找到我。现在我不犯傻了，不会再那么做了，我想这辈子接下来的时间我们都会在一起吧。”

“那她肯定非常爱你咯？”

“你要知道，这是一种非常奇怪的感情。”韦丁顿皱起眉头、一脸苦楚地答道，“我很确定，如果我真的抛下她，她一定会自杀，

倒不是因为她有多恨我，而是她认为那是理所当然的，因为她不愿意离开我一个人独自生活。这是份奇怪的感情，不过对我来说，却是很有意义的。”

“但是找到自己爱的比被爱不是更重要吗？有的人甚至不会对爱他的人心存感激。如果那人不再爱他了，他还会开始讨厌那个人。”

“我可没有你说的那些经历，”韦丁顿说道，“爱我的人就她一个。”

“她真的是公主吗？”

“不是，那些修女们太会造谣了。她出身于满洲的名门世家，当然了，她的家族已经被大革命摧毁，变得没落了。不过，她确实是位大家闺秀。”

韦丁顿的语气里带着自豪，凯蒂的眼里也掠过一丝笑意。

“你打算定居在这里了吗？”

“在中国吗？是的。她离开了中国能去哪儿呢？等我退休了就去北京买个院子，在那里度过余生。”

“你们有孩子了吗？”

“没有。”

凯蒂好奇地盯着韦丁顿。这个长了一张猴脸的秃顶男人，竟能得到一个异族姑娘的迷恋，实在出人意料。凯蒂不明白为什么韦丁顿一提起那女人时就一改平时漫不经心的态度，不再说出轻浮随意的话。这让凯蒂深深体会出那个女人对他的刻骨铭心的深情。凯蒂又不由得想到了自己的遭遇。

“哈林顿花园离这儿确实太远了。”凯蒂笑道。

“怎么又想起这个了？”

“我也不知道。人生真是太奇怪了。我就像一个习惯住在池塘边的人，突然被带到大海边。眼前的景象让我透不过气，却又感到欢欣鼓舞。我不想死，我想继续活下去。我又开始拥有勇气了。我像一个年老的水手开着自己的船，朝远方未知的大陆驶去，前方肯定有什么有意思的东西在等待着我。”

韦丁顿若有所思地看着凯蒂。凯蒂心不在焉地望着河水。两滴小水珠静静地朝着神秘、永恒的大海流去。

“我可以去见见你的那位女士吗？”凯蒂问。

“她一点英语都不会说。”

“你一直对我不错，帮了我很多忙，也许我可以用自己的方式告诉她，我对她的好感。”

韦丁顿一下子露出嘲讽似的傻笑，但又爽快地答应了。

“哪天我带你去见她，她会为你斟茶的。”

凯蒂一听到这个异国相恋的故事就浮想联翩，不过她不愿把自己的想法告诉韦丁顿。对凯蒂来说，满洲公主已经变成一种象征，不时地吸引着她，那象征着难以触摸的精神世界的王国。

Chapter 55

但是，一两天后凯蒂还是遇到了不可思议的事。

她像往常一样一大早来到修道院，开始一天的工作，照料孩子们洗脸穿衣。修女们坚持认为夜里的冷风对健康不利，所以孩子们房间的窗户关得很严实。过了一夜，房间里的空气变得浑浊闷热。凯蒂刚刚呼吸过外面的新鲜空气，一走进去就感觉到胸口很闷，还没来得及打开窗户通通风，就感觉到一阵头晕恶心，觉得天旋地转。她靠在窗口，想让自己清醒下来，她还是头一次感觉这么难受。一会儿，一阵恶心的感觉再次袭来，她吐了一地，头晕眼花。她痛苦地呻吟着，孩子们被她的样子吓坏了，倒是一个给她做助手的年纪稍大的女孩跑了过来，见凯蒂脸色煞白，浑身颤抖，丝毫没有犹豫，朝大门外面大声叫喊起来。是霍乱！这个念头在凯蒂脑海里一闪而过，死亡的可怕向她袭来。她恐惧至极，感觉浑身的血液都变得冰凉，两条腿几乎动弹不得。她奋力挣扎了两下。无比的痛苦几乎把她压垮了，终于神经有些受不了，眼前一黑昏了过去。

她再次睁开眼时，一时不知自己在什么地方。她感觉自己像是躺在地板上，头移动一下，感觉脖子那儿垫了一个枕头。她的头脑里还是一片混沌。修道院院长跪在她旁边，手中拿着嗅盐，在她的鼻孔处晃来晃去。圣约瑟姐妹站在一边望着她。她猛地一惊，那个念头又冒了出来，霍乱！她发现了修女们脸上惊恐的表情，圣约瑟姐妹的轮廓模模糊糊看不大清，显得比平时高大。一股强烈的恐惧感再次袭上心头。

“我要死了吗？”

“别瞎想，不会的。”修道院院长说道。

修道院院长表现得很冷静，眼神里甚至透露出一丝喜悦。

“可是我已经得了霍乱。我想见见瓦尔特，他在哪儿？啊，院长，院长。”

凯蒂突然泪流满面。修道院院长向凯蒂伸出手，凯蒂连忙握住，好像这是她保全生命的最后希望，她一点也不想死。

“好啦，我亲爱的孩子，你不要自己吓自己。你没有得霍乱，也没有得瘟疫。”

“瓦尔特在哪儿？”

“你丈夫正忙着其他事情，别让他分心了。过五分钟，你的症状就会好的。”

凯蒂凝视着修道院院长，神情有些焦躁不安。修道院院长为什么这么平静？这太绝情了。

“好好休息一会儿，”修道院院长说，“什么都别担心。”

她的心脏在怦怦乱跳。成天跟霍乱打交道，她早该知道这事迟早会摊到自己身上。唉，她真是个傻瓜啊！她确信自己快要死了，心里恐惧异常。女孩们把一把藤条长椅搬了过来，摆在窗户底下。

“我们抬你过去，”修道院院长说，“躺那里更舒服些。你能站起来吗？”

修道院院长双手托住凯蒂的身体，圣约瑟姐妹帮忙扶着凯蒂走到藤椅边。凯蒂觉得浑身无力，缓缓躺倒在椅子上。

“要不要把窗户关上？”圣约瑟姐妹说，“早晨的空气有点凉。”

“不用了，没事，”凯蒂说，“我想透透气。”

看到蓝天，凯蒂的心里舒服不少。她觉得自己还在轻微发抖，不过身体开始感觉有劲儿了。两位修女用关怀的目光看着她，圣约瑟姐妹和修道院院长说了几句凯蒂听不懂的话。接着修道院院长坐到了椅子边，轻轻地握住了凯蒂的手。

“回答我几个问题，我亲爱的孩子……”

修道院院长问了凯蒂一些问题，凯蒂一一回答，她实在不明白院长是什么意思。然而，修道院院长竟然咯咯地笑了起来，显然她此刻的心情很激动。

“这是百分之百的事了，”圣约瑟姐妹说，“这事儿可骗不过我。”

圣约瑟姐妹开始脸带笑容，这笑里包含着喜悦之情和深深的慈爱。修道院院长依旧握着凯蒂的手，也露出幸福的微笑。

“圣约瑟姐妹在这方面可比我有眼力，亲爱的孩子，她一下就知道是怎么回事了。显然，她说得很对。”

"什么眼力？"凯蒂焦急地问。

"已经很明显了。你从来没有想到吗？亲爱的，你怀上小孩了。"

凯蒂有点不相信自己的耳朵，吃惊得差点双脚着地，站起身来。

"别乱动，躺好。"修道院院长说。

凯蒂能感觉到自己的脸颊滚烫，她双手捂住了胸口。

"这怎么可能？不可能是真的。"

"她在说什么？"圣约瑟姐妹问。

修道院院长把凯蒂的话翻译给圣约瑟姐妹。圣约瑟姐妹一脸质朴，脸上顿时红红的。

"绝不会有错的。我发誓。"

"你结婚多久了，亲爱的孩子？"修道院院长问，"哦，我嫂子结婚这么久时已经生育了两个小孩了。"

凯蒂躺回长椅上，心里感觉一片冰凉。

"我真的很惭愧。"凯蒂低声说。

"因为什么呢？哎呀，生孩子不是很正常的事情吗！"

"先生会非常开心的。"圣约瑟姐妹说道。

"对呀，你丈夫肯定会很开心的。你是没见过他和这里的孩子在一起的情景，他喜欢孩子，你知道他会更加喜欢自己的孩子。"

凯蒂好一会儿没说话。两位修女温柔地看着她，修道院院长轻轻地拍着她的手。

“我真是个傻瓜，怎么没有早点察觉到。”凯蒂说，“不管怎样，不是霍乱就好，我现在好多了，我回去工作了。”

“今天就别再提工作了，亲爱的孩子，你刚刚受到了惊吓，回去好好休息一下吧。”

“哦，不，我没事的。”

“那怎么能行。如果我由着你，不照顾好你，我们的好医生会怎么看待我呢？你想工作的话，明天、后天都可以，但今天不行。我去给你叫个轿子。要我派个女孩子陪你回去吗？”

“哦，不用，我一个人能行。”

Chapter 56

百叶窗拉着，凯蒂一个人躺在床上。午餐过后，用人们也都睡着了。今天早上知道的那件事（并且凯蒂也基本确定那是事实）让凯蒂惊恐万分。从修道院出来，她就开始想这件事，但脑袋里一直一片空白，理不出一点头绪。突然，她听到几声靴子踩踏地面发出的脚步声，那不是仆人，一定是她丈夫，她有点紧张，深深地吸了一口空气。瓦尔特来到客厅，凯蒂听到他喊了她一声，她没有应答。一阵寂静后，瓦尔特敲响了凯蒂的房门。

“有事吗？”

“可以让我进去吗？”

凯蒂从床上起身，套上一件外套。

“请进吧。”

瓦尔特进了屋。百叶窗的阴影挡在了凯蒂的脸前，这让凯蒂心安不少。

“希望没打扰你休息。”

“我刚才没睡着。”

瓦尔特走到窗边，拉开了窗帘。一缕阳光慢慢地倾泻进来。

“有什么急事吗？”凯蒂问，“怎么这么早就回来了？”

“修女们说你身体不舒服。我觉得我最好回来看看你。”

一阵愤怒袭上她的心头。

“假如我得了霍乱死了，你会怎么样？”

“如果是霍乱，你早上是回不了家的。”

凯蒂走到梳妆台旁，拿起梳子，理了理有些凌乱的头发。她想拖延一点时间。接着，她坐了下来，点了一根烟。

“我今天早上感觉身体不舒服，修道院院长叫我先回来了。但我现在已经没事了。我明天就会回去工作。”

“你究竟哪里不舒服？”

“她们没和你说吗？”

“没有。修道院院长告诉我最好亲自问你。”

瓦尔特从正面看着凯蒂，自从上次的事，他已经很少这样做了。不过他看凯蒂时，他的神情倒像是一个医生在给病人问诊，而不像一个丈夫热情地注视着自己的妻子。她犹豫了一下，接着鼓起勇气正视着他的眼睛。

“我怀孕了。”凯蒂说。

凯蒂习惯了瓦尔特用沉默来回应一些激动人心的事实，她也不会因此而大惊小怪。瓦尔特一句话也没说，脸上没有一丝表情，眼神也一如刚才，好像他根本没听到凯蒂说的话。凯蒂急得差一点哭出来。如果是一对恩爱的夫妻，这个消息一定会让他们异常欢喜，甚至抱头痛哭，可他们两人却陷入了沉默。凯蒂对这沉默有点生气，她开口了。

“我真是太蠢了，那么多明显的迹象，我也没发觉。”

“什么时候……你估计你怀上有多久了？”

瓦尔特好像用了很大的力气才挤出了这句话，凯蒂能觉察出瓦尔特的喉咙和她一样有点干。凯蒂的嘴唇在颤抖，这使她恼怒，如果不是瓦尔特，换作其他人，一定会对她心生怜悯。

“我想应该有两三个月了。”

“孩子的父亲是我吗？”瓦尔特开口问道。

她狠狠地吸了一口空气。他的嗓音有些颤抖，不过一直是那副冷漠的表情，从中听不出丝毫激情，真是叫人害怕。她忽然想起了在香港见到的一种仪器，有人告诉她，只要这仪器上的指针微微晃动，一千英里外就可能发生过一场地震了，成千上万的人可能已在那场地震中丧生。她看了他一眼，他脸色苍白，这种脸色以前她只见过一两次。他低着头，身体侧向一边。

“你说话呀。”

她的手握紧了。她知道如果她说一声“是的”，对他来说，他将会迎来一个新世界。他会相信她，不必怀疑，他一定相信，因为他愿意去相信。然后，他就会毫无保留地宽恕她的过失。虽然他很害羞，可他的心里藏着太多的柔情蜜意，随时都准备着为别人付出。他不是个小心眼儿的人，他会宽恕她。他只是需要她给他一个借口，只要这个借口能够触动他的心弦，那么从前的任何过错他都愿意忘记，而且她很肯定他决不会揭她的伤疤。或许他是有些冷酷，甚至都有些病态，但是他绝不是那种小心眼的卑鄙小人。只要她说一声“是的”，一切都会变得美好。

她急需那份同情。得知自己怀孕后，她心中莫名地充满了各种幻想和向往。她感觉自己很虚弱，很孤独，身边连一个朋友也没有，那么无助。尽管她和自己的母亲没什么感情，可今天早上，她真的很想念她，希望她就在身边。她太需要任何人的理解和安慰了。她知道自己不爱瓦尔特，这辈子也不可能爱他，可是此时此刻她真心地希望他能走过来抱住她，就让她靠在他的胸膛上，痛快地哭上一场。她希望他能吻她，而她也愿意用胳膊去勾住他的脖子。

她哭了出来。以前，她经常撒谎，撒谎对她来说没什么稀奇。既然能得到好处，那为什么不呢？说声“是的”那么轻而易举，又有什么了不起呢？她几乎已经看到瓦尔特狂喜的眼神，几乎看到他正在向自己张开双臂。但是她不能。不知为什么，她就是觉得自己不能这么做。这几个礼拜，她经历了许多许多——她和查理闹翻，查理对她那么冷酷无情，可怕的霍乱在这里肆虐，正在死去的人们，那些心地善良的修女，甚至滑稽的酒鬼韦丁顿，好像都在她的心里留下了什么，她整个人都变了，连自己都不理解自己了。尽管她为那份前景着迷，有些犹豫，可在她心里，好像有一个旁观者正在惊恐而好奇地望着她。她只能说真话。撒谎是可耻的。她的思绪漫无目的地游走，突然，那个倚在墙根死去的乞丐的尸体出现她的脑海里。她为什么会想起这个？她没有抽泣，泪珠止不住地掉了下来。对于他问她的那个问题，她终于做出了回答。

“我不知道。”她说道。

瓦尔特轻轻笑了笑。凯蒂的身体为之一颤。

“有点尴尬，是不是？”

瓦尔特的反应和凯蒂预料的也差不多，可真听到他的话时，她心中还是说不出的沉重。她不确定，瓦尔特是否意识到让她做出如此的选择是多么痛苦，他怎么理解这句话呢？“我不知道”“我不知道”在她的脑海里萦绕。现在不可能收回这句话了。她从包里拿出手帕，擦了擦脸上的泪水。两人默不作声。桌子上放着只玻璃水杯，瓦尔特倒了一杯水，端着递给了凯蒂。凯蒂看着他的手，曾经精致修长的手指而今已经变得皮包骨头，他的手一直在微微颤抖——他可以控制自己的表情，他的手却不能。

“不要因为我哭了就让你伤心。”凯蒂说，“我没事的，只是没控制住眼泪。”

凯蒂喝了水，瓦尔特把杯子放回原处。他坐回椅子上，点燃一根烟，发出一声轻轻的叹息，若有所思地望着窗外。这种叹息凯蒂曾经听到过一两次，每次听到都让她心里一阵惶恐。凯蒂看着他，突然间发现他现在非常瘦，过去的几个礼拜她竟没注意到。他的太阳穴深深下陷，脸上的骨头突出。身上的衣服松松垮垮，好像穿的大号衣服。他的脸晒得很黑，脸色蜡黄，甚至有些发青。他看上去疲惫不堪。他工作起来总是停不下来，几乎不怎么睡觉。看他这样，她不禁有些难过，忍不住有些同情他了。她感到自己为他什么也做不了，自己何尝不是个冷酷无情的人呢？

他用手扶着额头，好像头有点儿疼，“我不知道”这几个字像钟声似的在他的心头回响。像瓦尔特这样情绪阴晴不定、冷漠害羞的男人，竟然会喜欢小孩子，对小孩子抱有那么大的热情和关爱，真是不可思议。要知道大多数男人对亲生孩子也不是很关心，可是嬷嬷们不止一次提起过瓦尔特对孩子的喜爱，她们甚至还为这件事感动不已。对那些陌生的孩子尚且如此，要是有了自己的孩子，他会怎样地疼爱他呢？凯蒂咬着嘴唇，克制自己不要哭出来。

瓦尔特看了看表。

“我想我得回去了。那里还有好多事情等着我……你好些了吧？”

“嗯，没事。你不要为我担心了。”

“今晚不用等我了，我可能会回来得很晚。”

“好吧。”

瓦尔特站起来。

"我建议你最好放轻松，不要再干那些操劳的事情。我就要走了，我还能为你做些什么？"

"没有了，你放心吧。我会照顾自己。"

瓦尔特停顿了一下，好像在犹豫不决，接着猛地拿起帽子，没再扭头看她一眼，走了出去。听到他走过院子的声音，凯蒂感到更加孤单了。此刻，她再也不用伪装自己，大声地哭了出来。

Chapter 57

夜幕降临，可还是很闷热，凯蒂坐在窗前，远眺着星光下的中国寺庙呈现出怪异的屋顶形状，瓦尔特再一次回来了。凯蒂的眼睛都哭肿了，尽管无比伤心，此刻的她却无比安静，可能是因为她身心已经非常疲惫。

"我以为你已经睡下了呢。"瓦尔特说道。

"我睡不着。而且到了晚上会凉快些。你吃过晚饭了吗？"

"吃过了。"

瓦尔特在房间里来回踱步，好像要对她说什么话，可一直没开口。看出了他的窘迫，她也不去看他，只想等他自己鼓起勇气。忽然他停下脚步。

"我一直在考虑下午你说的话。我觉得，你还是离开这里比较好。我和余团长商量过了，他会派人保护你回去的。你跟女佣一起走，你会安全离开这里的。”

“我还能去哪里呢？”

“你可以回你母亲那里。”

“你觉得妈妈会乐意看到我吗？”

瓦尔特停顿了一下，犹豫了一会儿，好像在思考什么事情。

“那你就回香港。”

“我去那儿干什么？”

“你需要到一个安稳的地方，找人照顾你。我觉得这种地方不适合现在的你。”凯蒂的脸上不由露出一丝微笑，这是一种历尽辛酸、真诚喜悦的笑容。凯蒂扭头看了瓦尔特一眼，差点哈哈笑出声来。

“我不明白你为何如此在意我的死活。”

瓦尔特走到窗边，望了望窗外的夜幕。晴朗的夜空中从未有过如此多的星星。

“这种地方不适合一个怀孕的女人。”

凯蒂看着瓦尔特，他衣裳单薄，身体在黑暗中显得无比苍白。此刻的瓦尔特看起来很叫人害怕，但是，凯蒂一点也不这么觉得。

“你开始坚持带我来这儿，是不是想让我死在这儿？”凯蒂突然问道。

瓦尔特过了好久才回答，凯蒂以为他故意装作没听见。

“当初是的。”

凯蒂吓了一跳，这是瓦尔特第一次说出他内心的真实想法。

可凯蒂没有怨恨他，只是有点佩服他，另外又觉得十分好笑。不知为何，凯蒂又突然想起了查理·汤森，在凯蒂心里，他现在不过是个跳梁小丑。

“你这可十分冒险。”凯蒂回答道，“你有考虑过如果我真死了，你那敏感的良心会放过你吗？”

“你现在不是活得好好的？而且你还乐在其中。”

“我活了这么久没有像现在这样快乐过。”

凯蒂也习惯了瓦尔特以这种调侃的语气和她开玩笑。毕竟他们一起经受了这些磨难，一起身处这个瘟疫肆虐的城市，通奸这种荒唐事，再回头看时不免有些太微不足道了。在这里，死神带走生命像园丁挖走地里的土豆那样容易，此时还在乎那件愚蠢的往事真是愚蠢透顶。如果可以的话，凯蒂想让瓦尔特知道，现在的她已经忘记汤森长成什么样子，她对他的爱早已烟消云散！她对汤森持无所谓的态度。她的心被她找回来了，而她的肉体犯过的过错也无须过多指责。她心里想对瓦尔特说：“难道你没发觉，我们不应该这样继续犯傻吗？我们像孩子一样彼此记仇。我们为什么不亲吻一下对方，继续做朋友呢？我们不是恋人，可却是很好的知己。”

瓦尔特伫立良久，他的脸上一丝表情都没有，样子看起来挺吓人的。凯蒂以前不信任瓦尔特，只要她一说错话，瓦尔特就会摆出一副冷冷的严肃神情。如今，凯蒂理解了瓦尔特的刻薄冷漠只是一种自我保护，他的心灵太敏感了，一旦被人伤害，就永远关上了大门。想到这里，她不免对他这种愚蠢行为感到恼火。当然，虚荣心受到的打击才是最严重的，凯蒂隐约觉得那才是最难以抚平的创伤。男人们非常在意妻子的忠贞，这太不可理喻了。凯蒂多希望自己刚才说的是孩子是自己和瓦尔特的，这对她来说不是什么难事，可是对瓦尔特来说却是天大的安慰。况且这可能本来也不是撒谎——真是莫名其妙，那时的凯蒂心里突然冒出一股莫名的力量阻止她说出那个美丽的答案。男人真是一群傻瓜！男人在繁衍后代的作用上微乎其微，是女人忍受痛苦十月怀胎生下后代，可是男人却因为那一点丝毫的关联把自己看得如此重要。为何孩子是不是亲生的就重要得近乎荒唐？凯蒂突然想到自己即将出生的孩子，不是激动，也不是什么伟大的母性，而是一种单纯亲切的好奇心。

“我想你还是再好好考虑一下吧。”瓦尔特说道。

“考虑什么？”

瓦尔特微微转身，好像对她的回答感到一丝惊讶。

“考虑你什么时候离开这里。”

“但我暂时还不想离开。”

“为什么？”

“我喜欢待在修道院里。我觉得我确实能帮上忙。你什么时候走，我就什么时候走。”

“我想我有义务告诉你，你现在的身体状况更有可能被感染。”

“我喜欢你这谨慎的说话方式。”凯蒂略带嘲讽地笑道。

“你不会是因为我才愿意留下来的吧？”

凯蒂犹豫了一下。瓦尔特绝对猜不到，如今她对他最强烈和出人意料的感情是对他的同情。

“不是。你又不爱我。我看你总是很讨厌我。”

“我真没想到，你会努力帮助一群古板的修女和调皮捣蛋的中国小不点儿。”

凯蒂咧开嘴笑一笑。

“你看错了我，还因此嘲笑我，这太不公平了。你就是个笨蛋，可不要怨我。”

“如果你决心要留下来，这当然是你的自由。”

“不好意思，我没能给你展现你有多宽宏大量的机会。”凯蒂发现很难正经地同他讨论这些话题，“其实你明白，我留下来也不单单是为了那些孤儿。你知道，我如今处境尴尬，这世上别的地方基本没人欢迎我。我知道所有人都觉得我是个讨厌鬼，没人会在乎我的死活。”

瓦尔特皱了皱眉头，可也没说话。

“事情已经被我们弄得一团糟了，是吗？”瓦尔特说。

“你现在还想跟我离婚吗？我想我已经能够答应你了。”

“你知道，我带你来这儿就说明我已经原谅你了。”

“我不知道。我对出轨没有什么深入研究。离开这儿后我们该怎么相处？我们将来还应该一起生活吗？”

“哦，你不认为想这些是多余的吗？将来该怎么样就会怎么样！”

疲惫的瓦尔特开始有些不耐烦了。

Chapter 58

两三天后，凯蒂随韦丁顿离开修道院（她是个闲不下来的人，第二天就回修道院工作了），按照他们之前的约定，韦丁顿要稍尽地主之谊并介绍他的情人给凯蒂认识。此后，凯蒂又去他家吃过几次晚饭。他家住在一座四四方方的白色建筑里，十分显眼，英国海关为他们在中国的官员建造的房屋都是此种风格。餐厅和客厅都放着古朴又结实的木质家具，给人的感觉既像是办公室又像是旅馆，没有一点家的感觉，这也不难理解，因为这些建筑的主人经常更换，这些房子只不过是他们的临时住处，可你绝对想不到这房子的二楼会充满了神秘又浪漫的气息。他们从楼梯上楼，韦丁顿打开屋门。他们走进一个空荡荡的大房间，刷成白色的房间墙壁上挂着各种书法条幅。一张方桌旁摆着一把精雕细刻的扶手椅，桌椅都是黑檀木的，那位满洲女人就端坐在椅子上。凯蒂和韦丁顿进来时，她从椅子上起身，但没有迎过来。

“这就是凯蒂。”韦丁顿说着，又补充了几句中国话。

凯蒂和她握手。满洲女人身穿一件绣花长裙，身材苗条，个头比凯蒂预想得要高，毕竟凯蒂看惯了中国南方人不高的个头。满洲女人上身穿了件浅绿色的丝绸上衣，袖口紧紧包裹着手腕，乌黑的秀发梳得整齐柔顺，上面点缀着传统的满族头饰。她脸上擦了粉，面颊上涂了一层胭脂，眉毛被画成两条黑线，嘴唇绛红。在她的妆容下，她大大的眼闪闪发光，像两颗纯净的玉石。与其说她是个女人，倒不如说更是一尊圣像。她举止温文尔雅。凯蒂发觉她有些害羞，但也充满了好奇心。韦丁顿向凯蒂介绍她时，她一直看着凯蒂，不时点头。凯蒂注意到她的手，修长纤细的手指，白如象牙，精心装饰过的指甲涂成红色。凯蒂觉得自己从未见过如此柔弱精致的小手。这双手暗示着她的教养和出身。

她说话不多，音调尖细，听起来像林子里小鸟的啁啾，韦丁顿向凯蒂翻译了她的话，她在问凯蒂的年纪，还问凯蒂有几个小孩。他们在四方桌边的三张椅子上坐下，一个童仆送上了几杯散发着茉莉花香的清茶。满洲女人拿出一包绿锡装的“三炮台”香烟，问凯蒂抽不抽。除了桌椅外，房间里几乎没有其他家具，只有一张宽大的硬木床，上面放着绣花枕头和两个檀木盒子。

“她白天都在房间干什么呀？”凯蒂问。

“她会写诗，有时会自己画画。但多数时候她就只是自己坐坐。她抽大烟，不过抽得不厉害，不过这也没什么不好，因为我的职责之一就是禁止鸦片走私。”

“你也抽吗？”凯蒂问。

“我很少抽。说实话，我还是爱喝我的威士忌。”

房间里有一股淡淡的发霉的气味，不过也只是轻微，反而让凯蒂产生一种奇特的异国他乡之感。

“告诉她我很遗憾，没法和她直接交谈。要是可以的话，我们一定会有很多共同语言。”

满洲女人听了丈夫的翻译后迅速地看了凯蒂一眼，露出了微笑。她穿着漂亮的衣服，落落大方地坐在那里，姿态优雅。涂满脂粉的脸，一双眼睛机警地望着外面，泰然自若又神秘莫测。她美得像一幅仕女图中的人物，她的优雅叫凯蒂大开眼界，让凯蒂感觉自愧不如。凯蒂被命运抛到中国，对于这里她事先并未刻意了解，她见到中国的事物时甚至是有些鄙视的。但是现在，她突然间隐约感觉到一些古老、神秘的东西。这里是东方，是个古老又神秘莫测的地方。这位东方女人的精致妆容和机警斜睨的眼神震惊到了她，相比之下，西方的所谓理念和梦想都显得太过粗陋。眼前这尊浓妆艳抹的圣像，让她在自己熟悉的世界里所有的努力和失败后的悲伤都略显荒唐。这精致艳丽的妆容背后似乎隐藏着世间最丰富深刻的人生体验，而人间一切未解之谜的答案就握在那双尖削的细手间。

“她一天到晚在想些什么呢？”凯蒂问。

“什么也不想。”韦丁顿笑道。

“她可爱极了。告诉她我多么喜欢她那双漂亮的手。我真好奇她怎么会看上你。”

韦丁顿笑着把这句话翻译了出来。

“她说是因为我人好。”

“似乎女人总是会因为男人的品行而爱上他。”凯蒂戏谑着

说道。

满洲女人只开口笑过一次，那是凯蒂为了找话题而夸她的手镯好看，她便把玉手镯从手上摘下来，凯蒂试着戴上，虽说凯蒂的手很小，但那手镯还是卡在手关节那里，戴不上了。满洲女人便像个小孩子一样咯咯笑了起来。她对韦丁顿说了些什么，接着韦丁顿叫来了女仆。她吩咐女仆几句，过了一会儿，那女仆便拿来了一双漂亮的满族靴子。

"如果你能穿上的话，她想把这双鞋送给你。"韦丁顿说，"你会喜欢的，它非常适合你在卧室当拖鞋穿。"

"一定非常合脚。"凯蒂满意地说。

凯蒂发现韦丁顿脸上划过了捉弄人的笑容。

"这双鞋让她来穿太大了吗？"凯蒂连忙问。

"大得像条小船。"

凯蒂哈哈大笑，韦丁顿把这个笑话翻译给她，满洲女人和那个女仆也都笑了。

接着凯蒂离开韦丁顿家，她和韦丁顿一起沿着小路上山，凯蒂冲韦丁顿微笑着问道："你从没跟我说起，你是这么爱她。"

"你怎么就知道我爱她？"

"从你看她的眼神。真是奇怪，那感觉一定像爱着一个影子或是一场梦。男人真是让人猜不透。我一直以为你就和其他普通人一样，可现在我觉得都有些不认识你了。"

他们到达凯蒂住处时，韦丁顿突然这样问凯蒂："你为什么想去见她？”

凯蒂想了一下才回答。

“我正在寻找某样东西，我也不太确定它具体是什么。它对我非常重要，如果找到了它，一切就都不同了。也许那些修女知道它，可她们似乎更愿意藏着不告诉我。今天见到了她，不知为何我想她会知道一些，我想也许她知道，她可能会告诉我。”

“你怎么就认为她知道呢？”

凯蒂看了一眼韦丁顿，没有回答，反而又问了他一个问题。

“你知道我要找什么吗？”

韦丁顿笑着耸了下肩膀。

“是‘道’吧。我看有人从鸦片中寻找，有些人从皈依上帝中寻找，有些人从威士忌中寻找，有些人从爱情里寻找。都是为了同一个目标，而没有一条路走得通。”

Chapter 59

凯蒂又重新回到修道院工作，这让她心情愉快，虽然早上时她感到有些不适，但还是能打起精神避免身体不适对工作造成影响。凯蒂对修女们对自己的兴趣感到非常惊讶。平日里凯蒂同她们在走廊里碰到时最多打一声招呼而已，可现在她们会胡乱找个借口，跑到凯蒂的房间看她一眼，跟她聊上两句，而后她们兴奋的表情就像个受到奖励的开心小孩。圣约瑟姐妹时常（有时叫人感到太啰唆）对凯蒂说起几天前她是如何知道凯蒂已经怀孕的：“哦，我早知道……”或者“我猜可能是……”，后来凯蒂就有气无力地对她说：“这已经毫无疑问了，不是明摆着的事吗？”圣约瑟姐妹把她嫂子分娩时的情形无比详细地叙述给凯蒂听，幸而凯蒂有着天生的幽默感，否则听了这些故事肯定会被吓一大跳。圣约瑟姐妹有时会讲述起她的童年，一条河流蜿蜒流过她父亲的农场草地，一排高高的杨树伫立在河岸上，清风吹过，树叶沙沙作响。她讲述时巧妙地融入了宗教的迷人气氛，听起来叫人心驰神往。她坚持认为作为异教徒，凯蒂必定对生儿育女这种事一知半解，有一天她甚至给凯蒂讲起了天使传报的故事。

“每次读到这个圣经故事我都会流泪，”圣约瑟姐妹说，“不知为何，我会非常感动。”

接着，圣约瑟姐妹用清晰的法语口音和冷静的语气引述了《圣经》里的这段文字：“天使进去，对她说，蒙大恩的女子，我问你安，主和你同在了！”

凯蒂即将分娩的消息迅速在修道院传开了，就像一阵微风吹拂过果园里的朵朵白花。凯蒂怀孕的消息在这群不结婚、不生育的女人中间引起一阵热闹和骚动。她们面对凯蒂时心中既充满敬畏，又对这个母亲充满兴趣。她们用毫不掩饰的目光观察着凯蒂一系列的身体变化，毕竟她们都是农民或渔夫的女儿。想到凯蒂挺着大肚子，她们都为她担心，但同时又都为她开心，甚至有些兴高采烈。圣约瑟姐妹告诉凯蒂，修女们全都为她祈祷；圣马丁姐妹说凯蒂不是天主教徒真是太遗憾了，修道院院长批评了她的这一说法，院长说，即使是新教教徒也可以成为一名贤惠而勇敢的女人，一切主自有安排。

对于自己怀孕的消息在修道院里引起的轰动，凯蒂感到高兴和感动，可当凯蒂发觉修道院院长也对自己百般迁就时，她还是有些意外。她对凯蒂的态度一向友善，不过总不会表现得太外露。而现在，她对凯蒂的态度中包含了一种母性般的温柔。修道院院长用一种全新的温柔语气和凯蒂说话，她用骄傲纵容的目光望着凯蒂，好像凯蒂本是个聪明小孩，又突然做了一件非常讨喜的事，真是让人动容。修道院院长的灵魂像一片寥廓无垠、风平浪静的海洋，庄严肃穆，让人心生畏惧，突然有一片阳光照耀过来，变得闪亮和欢乐。傍晚到来，她经常来凯蒂这儿坐一坐。

“我必须得照顾好你，我的孩子，你可千万不能累着了。”修道院院长说道，还给自己找了个冠冕堂皇的理由，“不然费恩医生绝不会原谅我。嗯，他是那种典型的感情不太外露的英国人！他心里明明开心不已，却从不怎么表现出来。”

修道院院长握住凯蒂的手，疼爱地轻轻拍打着。

“费恩医生告诉我说，他希望你能离开这儿，但你却不愿走，因为你舍不得我们。你真是太善良了，我亲爱的孩子，你知道我对你给我们的帮助非常感激。但我想你更不愿意离开费恩医生，这很对，守在他身边是你的本分，他需要你的陪伴。啊，如果没有他这个可敬的医生，我们真不知道该怎么办。”

“听到他能帮上这么大的忙，我很开心。”凯蒂说道。

“你应该全心全意地爱他，亲爱的孩子。他是一位难得的圣人。”

凯蒂听后苦涩地一笑，心中却非常难过。她现在只能为瓦尔特做一件事，而她却不知道怎样才能办到。那件事就是怎样才能得到瓦尔特的原谅，不是让他原谅她，而是让他原谅他自己。只有如此，他才能得到心灵的平静。假如请求瓦尔特的原谅不能奏效，而且让他觉得凯蒂还是在为他求情，而不是真正的为了她自己，他顽固的虚荣心就会跳出来，义无反顾地抗拒（说来奇怪，凯蒂此刻也不再对瓦尔特的虚荣心感到懊恼，反而觉得他该有那样的虚荣心，于是更加地同情他）。除非发生什么意想不到的情况让他放松警惕，否则想让他再次敞开心扉几乎不可能。凯蒂认为瓦尔特需要等待一场情感的飓风，来把他从怨恨的泥淖中拯救出来，然而他又性格憨直，当情感的飓风来临时，他又拼命去压制。

人生这么多苦难，又如此短暂，他还这么折磨自己，不是很可悲吗？

Chapter 60

尽管修道院院长总共也就跟凯蒂交谈了三四次，其中两次时间才只有十分钟，却都给凯蒂留下了深刻的印象。她的性格就像是一座恢宏壮丽的城堡，远看有点不太好靠近，因为显得有些冷峻苍凉；但当你走近它，映入眼帘的却是那些果树掩映下的美丽小村庄，清澈的小溪和柔软的草甸子，一下子叫你流连忘返。这惬意的风景尽管让你感到惊奇和安然，但你却不能像自己在故乡本土那样自由自在。要与修道院院长变得亲密无间几乎是不可能的，她有一种超然的气质，凯蒂发觉这些修女，甚至连脾气好、爱唠叨的圣约瑟姐妹也有这种气质，尤其是在院长身上，这种气质几乎变成一层可以触摸到的隔膜，这种隔膜让你不由得生出一股敬佩之情。修道院院长可以与你行走在同一条小路上，可以与你一起处理日常琐事，却又好像生活在一种高不可攀、截然不同的生活境界里。

她曾对凯蒂说："修女仅仅向上帝祈祷是远远不够的，必须也向自己祈祷。"

修道院院长说这些话时是想传达她这些年来皈依的体会，但却完全没有要说服凯蒂这个异教徒的意思。凯蒂对上帝的无知简直到了有罪的地步，但院长却因她的仁慈宽大而不予计较，竟有些放任她的愚昧无知，这让凯蒂感到无比惊讶。

一天傍晚，她们坐在一起聊天。这个季节白天开始变短，四周光线微弱，空气中弥漫着伤感的气息。院长看起来十分疲惫，她那张悲天悯人的脸变得凄楚苍白，优雅深沉的双眼变得不再有热情。可能是疲倦难得让她产生了愿意跟别人谈谈她的往事的愿望。

"今天对我来说是很重要的一天，我的孩子。"修道院院长拉回自己的思绪说道，“今天是我最终决定入教的周年纪念日。入教之前我考虑了整整两年，我一直备受煎熬，痛苦万分。面对主的召唤，我害怕自己再次被世俗的生活所征服。那天清晨，我在领取圣餐时，就立下誓言要在天黑前下定决心向我母亲表明自己的心意。在我领取圣餐后，我一直祈求主赐予我心灵的宁静。就在那时我仿佛得到主的启示说，当我不再祈求，放弃所有的欲望——包括对安宁的祈求，我才会得到平静。”

修道院院长好像陷入了对往日的回忆。

“那一天，我们的朋友，维埃拿夫人，她没有通知她的任何亲人，不辞而别去了卡梅尔。她知道自己会遭到亲人的阻止，她的丈夫死了，她认为身为寡妇她有权决定自己要做的事情。我的表姐前去跟我们即将逃亡的密友道别，傍晚才回到家，她回来时深受朋友行为的感染。我还没有向母亲开口，一想到把自己思考的内容告诉母亲，我就浑身颤抖，可是我还是必须遵守在接受圣餐时立下的誓言。我向表姐询问了好多问题。母亲似乎在一门心思地绣花，但我跟表姐的对话她都一字不落地听在耳里。我跟表姐说着，心里不停在想：如果今天就要告诉母亲，那就不能再耽搁了。

“真奇怪，那天的情景我现在还记忆犹新。我们围坐在圆桌旁，桌上铺着红色桌布，上面一盏罩着黑色灯罩的煤油灯，我们就在它之下干活。我的两个表姐和我们坐在一起，我们都在织绣花的椅垫，好把旧的换下来。那些椅垫是路易十六的年代买的，有些破旧，都褪色了，母亲说它们看起来太不体面了。

“我几次在心里想好要说的话，可就是没勇气开口。一阵沉默后，母亲突然对我说：‘我觉得你朋友的行为有些太自私了。怎么能对亲人不辞而别呢？这种做法叫我难以理解。有教养的女性应当正大光明，不会做出惹人非议的事的。假如你也要离开我们，不顾我们思念你的痛苦，请你不要像她那样偷偷溜走。’

“这是我说出心里话的大好时机，但我太软弱了，只回答说：‘嗯，您放心好了，妈妈，我是不会那样做的。’

“我母亲不再说什么，我不由得对没能说出真正的想法而后悔。我好像听到主对圣彼得说的话：‘彼得，你爱我吗？’唉，我是多么软弱，是多么忘恩负义啊！我不能下定决心是因为我过惯了舒适的生活，喜欢这种生活方式，热爱我的家人和各种消遣娱乐。我陷入了痛苦的思绪，过了一会儿，母亲接着刚才的谈话又对我说：‘不过，我的奥德特，我觉得以你的性格你很有可能会做出一些自讨苦吃的事情。’

“那时，我仍在焦虑和思索，而我那两个表姐也丝毫没有察觉到，我的心怦怦直跳，却仍坐在那儿安静地干活儿。突然，我母亲放下手中的活儿，目不转睛地看着我说：‘啊，我亲爱的孩子，我完全能够确定，你会成为一名教徒。’

“‘您是认真的吗？我的好母亲。’我回答，‘您完全看穿了女儿的心事。’

“‘是啊。’我还没说完，我那两个表姐就插话说，‘奥德

特这两年一直都在想着这件事。但您不会答应她的，对吧？姑姑。’

“‘如果那是上帝的意志，我亲爱的孩子们，’我母亲说，‘我有什么权利拒绝呢？’

“此时，我那两个表姐开始打圆场，接着她们欢快地争论起要怎么分配我留下的那些小玩意儿。可是，欢快的气氛只维持了一小会儿，我们又开始哭了起来。然后，我们听到父亲上楼的声音。”

修道院院长沉默片刻，感叹一声说：“我对父亲感到特别抱歉。作为家中唯一的女孩儿，父亲总会疼爱女儿胜过儿子。”

“人为什么要有这颗心呢？它岂不是所有痛苦的根源。”凯蒂微笑着说。

“而把这颗心奉献给基督又是多么幸运的一件事。”

这时，一个小女孩跑到修道院院长面前，兴高采烈地向院长炫耀她不知从哪弄来的古怪玩具。院长把精致的手放在小孩子的肩膀上，那孩子也快乐地依偎在她身旁。凯蒂注视着修道院院长甜美的笑容和慈祥的神情，不禁十分感动。

“看得出这些孤儿是真心诚意地爱您，嬷嬷。”凯蒂说，“要是我能得到别人诚实的爱该多好，那样我一定会很自豪。”

修道院院长再次露出了她美丽却又超然的微笑。

“要让别人真实地爱你，只有一个办法，那就是你也喜欢别人，真心地喜欢。”

Chapter 61

傍晚时分，瓦尔特还没有回来吃晚餐。平时，他要是被什么事耽搁了，总会派人带个信儿回来的，凯蒂又等了一会儿，才坐到餐桌旁。尽管疫情紧张且食物供应短缺，中国厨子仍然非常用心地做了好几道菜，凯蒂心神不宁，没什么胃口。早餐过后，她躺到窗边的长椅上，沉浸在窗外满天繁星的明亮夜色里。周围安静极了，凯蒂心情也平静不少。

凯蒂没有读书，也没在思考什么。思绪在脑海的表层飘来飘去，就像几块白云倒映在平静的湖面。她觉得很疲倦，没有力气思考什么复杂的问题。她脑袋里迷迷糊糊的，想起修女们跟她说的话，她得到了什么启发呢？有些奇怪，尽管修女们的生活态度让她感动，但激发修女们过上如此生活的信仰本身却感动不了她。她可以预测自己将来也不会改变看法。她有些失望，假如那道圣洁的白光能够拯救她的灵魂，也许一切都不用那么复杂。有一两回，她差点没忍住就要告诉修道院院长了，告诉她自己的不幸和心中的忏悔，但她不敢那样做，因为这位庄严的修女一定会讨厌她，这是她无法接受的事情。在修道院院长看来，凯蒂的行为无疑是极其严重的罪恶。可奇怪的是，凯蒂自己却不认为那是罪恶，而只是自己的愚蠢和丑陋罢了。

凯蒂觉得这些想法本身愚蠢极了，她会为和汤森之间的事感到懊悔，觉得自己瞎了眼，那件事本身也龌龊至极，但对她来说更合适的做法应该是马上忘记。这就像是在舞会上出的洋相，不必做任何事去纠正它，虽然是件很丢人的事，但是太把它放在心上就太不值得了。凯蒂眼前浮现出汤森的样子，他高高的个子，上身套了件过分华丽的衣服，他的脸变得模糊不清，他挺挺胸膛收了收发福的肚子，凯蒂不禁惊出一身冷汗。他红光满面，脸上的静脉很快变成青筋，一副典型的多血质乐天派的模样。凯蒂以前喜欢过他浓密的眉毛，而如今回想起来，只能从其中看到一股兽性。

未来会怎么样呢？未来对凯蒂来说一点也不友好，她完全看不到未来。她也许会在生孩子时死去。她的妹妹多丽丝身体很强壮，却差点难产而死。凯蒂似乎看到母亲因为多丽丝生下准男爵的继承人而心满意足的笑容。对凯蒂来说，未来看不到一点曙光。瓦尔特可能会把孩子留给凯蒂的母亲照顾——假如孩子顺利出生，也有可能瓦尔特会宽宏大量接受这个孩子，以凯蒂对瓦尔特的了解，尽管不能确定孩子的生父是谁，瓦尔特都会疼爱这个孩子。她几乎确定，无论何时瓦尔特都是一个正直的绅士。可惜的是，不论他多么正直、闪亮，她都没法爱上他。现在跟以前不同，她一点也不害怕瓦尔特了，而是觉得非常同情他，她就是觉得瓦尔特太荒唐了，他的感情如此深沉，性格却又那么敏感脆弱。凯蒂觉得自己总有一天会得到他的谅解。凯蒂现在想到的办法是，让他的心灵不再经受大的波澜，唯有这样才能减轻他的痛苦。困难之处在于瓦尔特很缺乏幽默感。可是凯蒂还是可以预见到将来的某一天他会想清楚，并为现在他们彼此间的相互折磨而哈哈一笑。

凯蒂真的有些累了。她提起灯走进房间，脱掉衣服爬上了床，不一会儿就睡着了。

Chapter 62

一阵吵闹声把她惊醒。起初她还以为自己只是在做梦而已，没意识到真有人在敲门。但是敲门声连续不断，她才逐渐清醒起来，意识到有人在拍院子的大门。周围一片漆黑，她取出手表来，借着表里的亮光，看见时间是凌晨两点。一定是瓦尔特回来了——他回来得太晚了，仆人这个时间睡得太死。敲门声又响起，比之前更加急促响亮，在寂静的夜里听着叫人惊慌。敲门声终于停了下来，她听见沉重的门闩被拉开的声音。瓦尔特还没有这么晚回来过，可怜的人，他一定累垮了。但愿他能直接去睡觉，可别再像往常一样跑到实验室继续工作了。

凯蒂听到好几个人正在说话，之后，有一群人走进了院子。她觉得奇怪，以前他要是真回来晚了，都是唯恐打搅到她休息，轻手轻脚，尽量不弄出声响来的，今天怎么回事？有两三个人快步跑上了木头台阶，进了她隔壁的房间。凯蒂开始害怕起来，怀疑自己碰到了针对外国人的暴力运动。一定出什么事了。她的心开始不安起来。还没等她想明白，有个人走到了她的门口，敲响了门。

“费恩夫人。”

她听得出是韦丁顿的声音。

“嗯。怎么了？”

“你马上起来好吗？我有件事要跟你说。”

她连忙坐起身来，披上一件晨衣，打开房门。韦丁顿站在门口，身穿一条中国式的长裤，上身套了一件茧绸褂子。手里提着马灯的童仆站在他旁边，三个身穿制服的中国士兵跟在他身后。看到韦丁顿脸上惶恐的神情，她有种不祥的预感。他的头发乱糟糟的，像是刚从床上爬起来。

“出什么事了？”她不安地问道。

“你要保持冷静。现在别耽搁，马上穿好衣服跟我走。”

“到底怎么了？城里出什么乱子了吗？”

她突然想到，城里一定发生了暴乱，那些士兵是派来保护她的。

“你的丈夫病倒了。我们想你最好马上过去。”

“瓦尔特？”她叫出声来。

“你别着急。我也不知道具体的情形。余团长派来这个军官找我，让我立即带你去衙门。”

凯蒂的眼睛一直出神地望着他，忽然心里一阵冰凉，只好伤心地转过头去。

“给我两分钟，我去穿件衣服。”

“我现在还穿着睡衣呢，”他说道，“他们来时，我还在睡觉，只好随便披了件衣服。”

她借着星光，捡到什么就穿什么。她的手此刻变得十分笨拙，尝试了好几次才扣上扣子。而后披上披肩，出了门。

“我没找到帽子。不用戴了吧？”

“不用。”

童仆提着灯在前面引路，几个人匆匆下了台阶，走出了大门。

“小心别摔倒了。”韦丁顿说道，“你最好拉住我的胳膊。”

几个士兵紧跟在他们后面。

“余团长准备了轿子，就在河对岸。”

他们快步下了山。凯蒂想开口问话，可话到嘴边又不敢问。到了河边，一条小船停在那里，船头一盏马灯正发着微弱的灯光。

“是霍乱吗？”凯蒂还是开口问道。

“恐怕是的。”

凯蒂大叫一声，可马上又收住了。

“我想你应该马上赶过去。”韦丁顿伸手把凯蒂拉上船。水道很窄，河流几乎像一潭死水。他们几个人站在船头，一个用背带背着孩子的女人，摇着橹，舢板缓慢前行。

“他是今天下午发的病，不，确切地说应该是昨天下午。”韦丁顿说道。

“为什么不马上通知我过去？”

他们都尽量压低了自己的嗓音，尽管完全没有必要这样做。

周围一片漆黑，凯蒂只能根据感觉来判断对方说话时有没有流露出情绪上的不安。

“余团长是这么想的，可瓦尔特不许他这么做。余团长一直守着他。”

“就算瓦尔特不许，他也应该那么做。这样做太狠心了。”

“你丈夫知道你从未见过病房里的情景。那地方太可怕、太恶心了。他不愿让你看到。”

“不管因为什么，他是我的丈夫。”凯蒂凝噎着说道。

韦丁顿没有回答。

“为什么现在要接我去？”

韦丁顿轻轻挽住了凯蒂的胳膊。

“亲爱的，你一定要坚强，最好要有一些心理准备。”

凯蒂伤心地痛哭起来，意识到三个中国士兵正望向她，她连忙转动了一下身体。

“他的病情怎么样？”

“余团长让我来接你。根据他派来的军官告诉我的消息，瓦尔特可能已经昏迷了。”

“一点希望都没有了吗？”

“我觉得不是很乐观，如果我们不尽快赶过去的话，能不能见他最后一面都是个问题。”

凯蒂浑身颤抖。泪水一下子涌出了眼睛。

“你知道的，他劳累过度，身体没什么抵抗力。”

凯蒂开始生气，一下子把胳膊从韦丁顿的手里挣脱出来，让她生气的是，在没弄清楚状况前，他就用这么悲痛低沉的语气说话。

船到了河对岸，两个站在岸边的中国轿夫，扶凯蒂上了河岸。轿子已经准备好了。凯蒂上轿时韦丁顿对她说道："努力克制自己，千万保持冷静。"

"叫轿夫快点走。"

"已经叫他们能走多快就走多快了。"

那军官已上了船，他的轿子走过时，他冲着轿夫们喊了一声："叫他们走快点儿。"轿夫们麻利地抬起轿子，把轿杆放上肩膀，快步启程。韦丁顿的轿子跟在不远处。他们沿着山路飞快向前，每顶轿子前都有一个人提着灯笼在前引路，到了水闸那儿，守闸人已经举起火把为他们照明。轿子快到水闸时，军官冲守闸人喊了一声，守闸人立马打开大门放他们过去。经过时守闸人呼喊出号子，轿夫们也喊出号子作为回应。在万籁俱寂的夜里，用这种奇怪语言喊出的号子，让人震惊不已。轿夫们走在又湿又滑的鹅卵石小路上，军官轿子的一个轿夫不小心绊了一跤。能听到军官发出斥责的声音，那轿夫不服气的说话声，接着轿子又重新赶路了。街道狭窄又曲折，深夜里万籁俱寂，这座城市就像是座死城。轿夫们匆忙地走过一条条小巷，拐了个弯后，又上了一段台阶，轿夫们累得气喘吁吁，可是依然默默地大步往前奔去。其中一个轿夫掏出一块破手帕，边走边擦去了流到眼睛里的汗水。他们拐来拐去，这样可以抄近道尽快到达。那些店铺关着门，在店铺前的阴影里你能看到一些人躺在那儿，不知他们是在那睡觉的活人，还是根本就是不会醒来的死人。狭窄的街道上不见一个人影，四周一片阴森恐怖的氛围。突然，不知哪里的狗狂吠了两声，把正在伤心的凯蒂吓得哆嗦了两下。她不知道他们要去往何处。这条路如此漫长，他们就不能再加快一点吗？时间一分一秒地流逝，稍慢一点就有可能来不及了。再快一点，再快一点。

Chapter 63

轿夫沿着一道光秃秃的墙壁匆匆行进，不知不觉间就到了一道朱红色的大门前，门前一侧建有一个岗哨。接着，轿子稳稳着地，韦丁顿走出轿门，朝凯蒂的轿子走过来，却发现她早已出来了。而后，一个军官扯着喉咙，朝门内喊了几句。边门随即打开，他们走了进去。屋檐下，一群面黄肌瘦的士兵正抱着毯子缩成一团，他们彼此紧挨在一起，垂头丧气的，外面的来人丝毫没引起他们的注意。一个早等在那里的军官看到他们进来，快步向他们走来，他从人群里找出韦丁顿，小声地给他说了些什么。

“他还活着。”韦丁顿低声说，“凯蒂，你小心台阶。”

还是那几个提灯的在前带路，他们穿过庭院，接着上了几级台阶，又过了个大门，进入了另一个大院。院子的一侧是个狭长的厅堂，里面亮着灯光。昏黄的灯光从窗户上的宣纸照射出来，窗格的精美轮廓十分显眼。提马灯的人把他们带到厅堂门前，那个军官敲了敲门。门随即打开了，军官回头看看凯蒂，接着自己让到了一边。

“你进去吧。”韦丁顿说道。

这是一间又长又矮的房间，几盏冒着黑烟的油灯发着昏暗的光，透出不详和诡异。三四个士兵站在一边。门对面儿有张靠墙的矮床，一个人盖着被子蜷缩着躺在上面。一位军官一动不动地站在床头。

凯蒂快步走上前去，俯身向床上望去。瓦尔特两眼紧闭，他的脸色在灯光里呈现出死人似的灰白色，他躺在那儿一动不动。

“瓦尔特！瓦尔特！”她惊慌地叫喊道。

瓦尔特的身体微微动了一下，或者说是在凯蒂的幻觉里动了一下。

“瓦尔特，瓦尔特，跟我说话！”

瓦尔特的眼睛慢慢地睁开了，像是用了全身所有的力气才抬起了那沉重的眼皮。他没有看凯蒂，只是望着离他的脸几尺远的白色墙壁。他开口说话了，声音十分虚弱，但似乎感觉得到他说话时是微笑着的。

“这个鱼缸很漂亮。”他说道。

凯蒂屏住呼吸，不敢大声说话，静静地听他还要说些什么，可他身体还是一动不动，淡漠的眼睛一直盯着雪白的墙壁（他在看一些神秘的事物吗？）。凯蒂站起身来，憔悴地望向床边的另一个人。

“他肯定还有救。你不能光站在那儿！”

她手指相握，双手不安地紧贴在一起。韦丁顿对站在床边的那个军官说了些什么后，轻声对凯蒂说道：

“恐怕我们已经尽力了。军医一直在为他治疗。你的丈夫一直在教他怎么做，一切能做的事情，他都已经做了。”

“这位是军医吗？”

“不，他是余团长。他一直寸步不离地守着你丈夫。”

凯蒂心烦意乱，不经意地抬头瞅了余团长一眼。他体型高大，身材健壮，穿了件不十分合身的卡其布军装，他正呆呆地看着瓦尔特。她猛然间发现他眼里竟充满了泪水，不禁有些诧异。这个黄皮肤黑眼珠的男人凭什么流泪呢？她觉得他没有这个资格。

“都站在这儿，什么也不去做，有什么用呢！这太糟糕了。”

“至少他现在不是那么痛苦了。”韦丁顿说道。

她再次俯身贴近丈夫的床边。那双可怕的眼睛依然空洞地盯着前方。她不知道他是否还能看清周围的东西，也不知道能不能听见她说的话。她把嘴唇凑到他的耳边轻声说道：“瓦尔特，我们还能做些什么呢？”

她觉得肯定还有什么灵丹妙药，可以把瓦尔特从死亡边缘救回来。此刻，她的眼睛已经习惯了这里的昏暗光线，她惊恐地发现他的脸已经完全塌陷下去了，他的容貌已经变得连她都不认识了。短短的几个钟头，他几乎是变了一个人，这太不可思议了。他现在根本不像个活人，几乎跟个死尸差不多。

她觉得他好像要说些什么，于是就把耳朵贴过去。

“不要大惊小怪。刚才我走了段很难走的路。现在我完全好了。”

她想听他继续说点什么，可他再也不吭声了。看到他的身体又一动不动，凯蒂心头掠过一阵痛苦，更可怕的是，她忽然发现，他这么僵硬地躺在那儿，好像他已经准备好用这个姿势躺到棺材里了。一个人走了上来，是军医或是护理人员，做了个手势，叫凯蒂让开一点。他俯下身爬到虚弱的病人跟前，用一破旧的湿毛巾湿了湿他干枯的嘴唇。凯蒂站起身来，绝望地望了一眼韦丁顿。

“一点希望都没有了吗？”她轻声问道。

韦丁顿摇了摇头。

“他还能活多久？”

“谁也说不好，或许一个钟头。”

她环顾了一下这个空荡荡的房间，目光停在了余团长身上。

“我能和他单独待一会儿吗？”她问道，“只要几分钟。”

“当然可以，那是人之常情。”

韦丁顿走到余团长身旁，跟他说了几句话。余团长点点头，然后命令让其他人都出去一下。

“我们会在门口的台阶上等候。”韦丁顿一边随众人出去一边说，“你说完话，便可叫我们进来。”

凯蒂的意识一直处于错乱的状态，现实像是毒品流在血管里一样叫她出现各种幻觉。然后，她明白过来，瓦尔特就要死了，她此时只有一个想法，那就是消除他心里的怨恨，让他安静地离去。凯蒂心想，他要是能不再有怨恨，原谅于她，原谅他自身的错误，那样他会好受很多，死也瞑目了。她之所以这么想，其实，全然不是为自己考虑。

“瓦尔特，我恳求你原谅我。”她蹲下身子说道，她怕他现在承受不了任何压力，所以就没敢拥抱他，“我辜负了你的真心，伤害了你。我真的好后悔。”

他没有说话，似乎根本没有听见她的话。于是，她哭泣着把刚才的话重复了一遍。她有种奇怪的感觉，好像此时瓦尔特的灵魂已变成一只振翅的飞蛾，翅膀已经沉重不堪，那沉重只因他对自己的怨恨。

“亲爱的。”

他苍白干瘪的脸上掠过一丝阴影，这一切都那么不易察觉，随后他的脸不受控制地抽搐起来。她以前从没用“亲爱的”这几个字称呼过他。此刻，这个她用滥的词汇只让他这个行将就木的人感到更加糊涂，因为以前的日子，她对小狗、小孩儿、小汽车，都是这么叫的。然后，发生了一件可怕的事情——两行眼泪从他干枯的脸颊上流了下来。凯蒂一下子不知所措，她死命攥紧拳头，拼命压制自己的情绪。

“呃，我的至爱，我的亲人，如果你曾经爱过我——我知道你爱过我，而我却不懂珍惜——我乞求你的宽恕。而今，我不知道要怎么证明我已经改过自新。可怜可怜我。我恳求你原谅我。”

她不再说话，屏气凝神望着他，急切地等待着他的回答。她看到他似乎想说话，心脏不由得猛烈跳动。在他弥留之际，如果能让他从她带来的痛苦里解脱出来，对他来说，未免不是一种补偿。他的嘴唇动了一下，眼睛并未看她，依然无神地盯着白刷刷的墙壁。为了听清他的话，她俯下身子贴近他的脸，他说得很清楚。

“那条狗死掉了。”

她听后呆立在那儿。不明白他什么意思。他的话莫名其妙，像是胡话。她迷惑不解地望着瓦尔特，看来他根本没听明白她的话。

她目不转睛地盯着他看，他一动不动。他的眼睛还睁着，不知道他是否还有呼吸。她害怕起来。

“瓦尔特，”她小声说道，“瓦尔特。”

她立即站起身来，一股恐惧的感觉袭上心头。她转身走到门口，朝外头叫了一声。

“你们可以进来吗？他好像不行了。”

他们连忙进屋。那名中国军医走到了床边，用手电筒照了照瓦尔特的眼睛，他的手在瓦尔特脸上抚了一下，瓦尔特合上了眼睛。接着，他说了句中国话，韦丁顿用胳膊挽住了凯蒂。

“他已经去世了。”

凯蒂深深地叹了一口气，眼泪从她眼睛里扑簌簌地掉下来。

她不是被吓到了，更像是迷惑不解。几个中国人慌乱地围在床边，似乎也不确定下一步要怎么办。韦丁顿默不作声。过了一会儿，那些中国人低声议论起来。

“你最好让我送你回去。”韦丁顿说道，“他们会把他送到那儿去。”

凯蒂疲倦地用手抚了一下前额，之后走到床边，俯下了身，轻轻地吻了一下瓦尔特的嘴唇。此刻，她已不哭了。

“很抱歉，真是麻烦你了。”

她走出屋门时，军官们向她行了个军礼，她恭敬地回了礼。他们穿过之前的院子，来到大门口，坐进了轿子。此时，她瞧见韦丁顿点燃了一根烟。几缕烟雾升腾入空气里，慢慢消失不见。一个人的死去像极了这股烟雾。

Chapter 64

拂晓时分，光线开始变亮，沿途店铺里的中国人开始搬开店铺前的门板。商铺里的阴暗处，女人正就着烛光洗手洁面。街角的茶馆里，几个男人正在吃早饭。天色越来越亮，暗冷的光线像贼一样偷偷摸摸地溜进了狭窄的小巷。河上弥漫起白雾，拥挤的舢板上桅杆胡乱地竖立在大雾中，像是幽灵军队的长矛。过河时河面的空气很冷，凯蒂围着围巾缩作一团。他们上了山，将白雾踩在了脚下。天空变得晴朗，阳光依旧，像往日一样，仿佛相比于以往，什么也没有改变。

“你不躺下休息一会儿吗？”进屋时韦丁顿说。

“不必了，我想在窗边坐坐。”

这几周以来，凯蒂经常独自坐在窗边，城墙上那座奇异艳俗、漂亮神秘的庙宇对她来说已经很熟悉，看着这些风景她有一种安宁的感觉。那庙宇看起来如此虚无，即使在中午，光照刺眼，它也能让凯蒂暂时忘记现实的烦恼。

“我叫仆人给你泡点茶吧。恐怕今天一早就得安排下葬。事情我都安排好了。”

“很感谢你。”

Chapter 65

三个钟头后，人们开始了瓦尔特的葬礼。凯蒂看见他躺在一具中国棺材内。她并不觉得，葬在这里，会让瓦尔特感觉到高兴，会让他的灵魂得到安息，不过她也毫无办法。一些嬷嬷得知了瓦尔特的死讯，特地差人送来了一个大丽花做成的十字架。它该是出自花店的一位熟手，可突兀地放在那副中国棺材上，显得有些别扭、滑稽。一切准备好后，就等余团长来了。他特地叫人捎话给韦丁顿，说他一定要来参加葬礼。一会儿，一名副官陪同他一道前来。送葬的队伍开始向山上行进。六个苦役抬着棺材，来到了那块埋葬着前任传教士医生的墓地。韦丁顿从传教士的遗物中找来了一本英文祈祷书，他用低沉的语调念起了书上的悼词，声音里透出一股窘迫的味道。可能在诵念这些肃穆悲伤的悼词时，他脑子里一直有个挥之不去的念头：要是他是这场瘟疫的下一个牺牲者，就没有人给他念悼词了。棺材被缓缓放进墓穴，掘墓人开始往上边填土。

余团长脱掉军帽站在墓穴边。葬礼结束了，他戴好帽子向凯蒂庄重地敬了个军礼，然后跟韦丁顿说了几句话，最后，在副官的陪伴下匆匆离开了。几名苦役在周围好奇地观望着，基督徒的葬礼是什么样的，叫他们很好奇。葬礼结束，他们才迈着休闲的步子，拖着他们的扛棒三三两两地回去了。凯蒂和韦丁顿一直等到墓穴堆好，才将嬷嬷们送的精美的花圈放到散发着新鲜泥土气息的坟头上。整个葬礼她都没哭，但是第一铲子土盖在棺材上时，她心里一阵紧张。

她看见韦丁顿在等她一起回去。

“你忙着回去吗？”她问道，“我不想直接回去。”

“我没什么急事，很乐意能陪你说说话。”

Chapter 66

他们沿着小路漫步到了山顶，那里矗立着那座为某位贞节的寡妇建造的牌坊。在凯蒂的脑海里，这座牌坊成了她对此地的重要回忆。它代表了什么意义，她却琢磨不出来。不知为何，她有点不喜欢这个建筑物。

“我们能在这儿坐一会儿吗？这儿我好久没来了。”广阔平原从她眼前铺展开去，在天际慢慢变成一条细线，在晨光里显得格外安宁恬适。“几个星期前我们来过这里，却像是上辈子的事。”

他没回答她的话，而她任由自己的思绪飘来荡去，然后大声地叹了一口气。

“你觉得人是否有灵魂呢？”她问道。

她问的问题似乎并不让他吃惊。

“我也不确定。”

“刚才，我看着他们在入殓前给瓦尔特做洗礼，他这么年轻就死去了，真是难以置信。你记得你第一次带我来这里散步时碰到的那个乞丐吗？我想，我不是因为见到死人才害怕，我看到他时，一点没意识到那是个人，仅仅觉得那是什么动物的尸体，人死去时的样子和动物并无二致，这才是可怕之处。而瓦尔特的情况不同，他更像是一台停止运转的机器，我们不过是机器吗？那我们经历的所有病痛、心碎、折磨又算什么呢？”

他没有做出回答，只用眼睛欣赏着山脚下的风光。明媚宁静的晨光里，一块块整整齐齐的稻田铺展到天边。稻田里，错落着一些身穿蓝衣的农夫的身影，他们手握镰刀辛勤地劳作着，像是一幅安静优雅的中国画。凯蒂打破了沉寂。

“我难以说清楚，修道院里的所见所闻是怎么打动我的。那些嬷嬷，她们是真正的圣徒，和她们比，我简直一文不值。她们放弃了一切，她们的家庭，她们的祖国，她们的爱、自由、孩子，还有更加难以舍弃的一些小事物，像欣赏鲜花和碧绿的田野的机会，在秋日里漫步的闲适，欣赏书籍和音乐的快乐，等等，好多美好的东西。这所有一切她们都放弃了。而她们追求着怎样的生活呢？贫穷的生活，繁重的体力劳作，听从命令，不计回报的祈祷。对她们来说，这个世界是一个不折不扣的流放地，她们情愿背负生活沉重的十字架，她们内心一直都有一种希望——不，是比希望更加强烈的向往与期待，她们渴求最终的死亡引导她们进入永恒。”

凯蒂双手紧握，焦急地看着韦丁顿。

“你觉得呢？”

“假如根本没有永恒的生命呢？如果死亡就是一切的结束，根本没有什么灵魂，那将意味着什么呢？意味着她们白白放弃一切，她们被骗了。她们是受到愚弄的傻瓜。”

韦丁顿沉思了片刻。

“我很怀疑。假如她们的理想本是虚无缥缈的东西，她们还会坚持吗？不过，她们的生活本身就已经成为一种美好。我觉得，让这个肮脏世界不那么招人厌恶的唯一方法，就是想到这世界还存在着美。而艺术是最能体现这一点的，优美的绘画，美妙的音乐，智慧的书籍，还包括人们的生活。而其中最为充实的，就是人们美丽的生活。那是最伟大的作品。”

凯蒂叹了口气。他的话太过深奥难懂。她需要更多的提示。

“你肯定听过交响乐吧？”他问道。

“是的，”她微笑着说，“我对音乐一窍不通，但是蛮喜欢听的。”

“管弦乐团里的每个乐手只负责一件乐器，整个演奏过程里，他们会时刻注意乐队的整体效果吗？不会的，他们只会注意自己演奏得好与不好，但是他们都深知只要自己演奏好了，整个乐曲就自然优雅动听，所以结果怎样，根本不用他们担心。”

“那天你说起过‘道’。”凯蒂微微一顿继续说道，“就你看来，‘道’是什么东西呢？”

韦丁顿看了她一眼，露出迟疑的神情，接着又微微一笑，说道：“道也就是道路。道是世间万物都必须遵循的那条永恒的道路。它不是人为规定的，它本身就存在。它包括一切，而又一无所有。万物由道而生，死亡时再次归结于道。可以说它是方的圆形，无谱的音乐，一幅没有作者的绘画。道是一张巨大的网，网眼大如海洋，却疏而不漏。它是万物的避难所。它不在任何地方，可是你不用把头探出窗户来寻找，它就在那儿。不管愿意与否，它规定了万物运作的法则，然后任由他们自由生灭。它教导人们，要顺其自然，清静无为。无为而无不为。失败可能带来成功，而成功里也常蕴藏失败。可是，谁能辨别什么时候是那个转折点呢？追求柔弱的人要有一颗赤子之心，温柔敦厚的中庸使人攻无不克，柔弱退让使你的防守固若金汤。能够战胜自己的人才是伟大的。”

“你觉得这有用吗？”

“有时有用，当我喝了六杯威士忌，抬头望天时，我就觉得它很有用。”

两人又陷入沉默，打破寂静的又是凯蒂。

“告诉我，‘那条狗死掉了’，这句话有什么出处吗？”

韦丁顿微微一笑，那话的出处他自然知道，不过凯蒂那漫不经心的神情又让他起了疑心，他似乎还是别说出来为好。

“假如有什么出处，我也不太清楚。”他小心地回答道，“为什么问这个？”

“没什么。我突然想起来，听起来有些耳熟罢了。”

两人再次陷入沉默。

“你们两个单独在一起时，瓦尔特没跟你提起过吗？”这次换到韦丁顿先开口了，“军医和我曾经谈起过，我想你也应该了解一些内情。”

“内情？”

“可能是受了打击，那名军医的精神变得有些亢奋错乱，说话颠三倒四，可能我是误会了他的意思。听他那么说，你的丈夫是因为做实验才感染的。”

“以前他是经常做实验。他不是真正的医生，他是个细菌学家。他之所以来这儿，可能就是为了便于研究。”

“那军医有些含糊其词，不过还是不难听出他的意思，他怀疑你丈夫是故意去感染自己的。”

凯蒂脸色一下子变得惨白，身体都有些颤抖，他赶紧安慰似的握住了她的手。

“哦，我真不该告诉你这些。”他轻声说道，“我原本以为这能带给你一丝安慰，与其认为瓦尔特是不幸地感染，不如认为他早准备好了为科学献身和牺牲。”

凯蒂完全不能理解韦丁顿的荒谬解释。

“他的心早已经碎掉了。”她伤心地说。

韦丁顿意识到自己说了不该说的话，正有些后悔。她转过脸来，坚定地望着他。

“他说的‘那条狗死掉了’是什么意思？你还不告诉我吗？”

“是戈德史密斯的《挽歌》的最后一句。”

Chapter 67

第二天早上，凯蒂又来到修道院。开门的女孩儿看到她时不觉有些意外。凯蒂才忙活了一会儿，修道院院长进来了，走过来握住了她的手。

“我很高兴你能回来，我亲爱的孩子。你在经历那么多痛苦的事情后还能回到这里，说明你既有勇气又有智慧。我觉得干点活儿可以让你暂时忘却悲伤。”

凯蒂低下头，脸微微发红，她不想被修道院院长看出她内心的悔恨。

“我就不多安慰你了，你知道的，我们这里每个人都知道你

有多伤心。”

“谢谢。”凯蒂低声说道。

“我们一直在为你和你丈夫的灵魂祈祷。”

凯蒂没有吭声。修道院院长松开了她的手，用她低沉威严的语调给凯蒂派了好几个任务。她拍了拍旁边几个小孩儿的头，朝她们笑了笑，接着去处理其他要紧的事务去了。

Chapter 68

就这样过了一个星期。凯蒂正在缝补衣服时，修道院院长进来挨着她坐下，认真地看了看凯蒂在做的针线活。

“缝得真好，亲爱的。现在能像你这样把针线活做得这么好的年轻女孩子，可不多见了。”

“都是我母亲教我的。”

“我想你母亲再见到你一定会很开心。”

凯蒂抬头望望修道院院长，看她的表情，她可不像是在说笑。她接着说道：“你丈夫刚离开时，我允许你来这儿是因为干点活儿能帮助你平复悲伤。我想那会儿你太伤心了，不适合长途劳顿回香港，也不愿让你一个人独自待在房间里面对痛苦。但现在事情已经过去八天了，你是时候回香港了。”

“可是我不想离开这儿，嬷嬷。我想待在这里。”

“这里已经没有什么你继续留下来的理由了。你随你丈夫来到这里，现在他过世了，你还怀有身孕，需要人照顾，而你在这里不可能得到这样的照顾。你还有你未尽的使命，孩子，现在你的使命就是尽力照顾好你肚子里的小生命。”

凯蒂低下头，沉默了一会儿。

“我觉得自己在这儿还能帮上忙。一想到我还能帮忙，我就觉得非常快乐。我希望你能允许我继续留在这儿，直到这场瘟疫结束。”

“对于你为我们所做的，我真的非常感谢。”修道院院长微笑了一下说道，“可疫情正在缓解，来这儿也不是那么危险了，有两个姐妹正从广东赶来。她们这两天就会到，她们一到就没有再给你安排工作的必要了。”

凯蒂一下子有些失落。修道院院长的语气表明她的话不容置辩，以凯蒂对修道院院长的了解，这时候再求情并不会有什么效果。修道院院长知道必须用道理来说服凯蒂，如果凯蒂再论争，不出预料的话，她一定会很生气。

“韦丁顿先生曾详细地和我商议过这件事。”

“我希望他别干涉我的事。”凯蒂插话。

“就算他不跟我商议，我觉得我也有必要说说我的看法。”修道院院长温和地说，“现在的情况是，你不应该待在这里，应该回到你母亲身边。韦丁顿先生跟余团长谈好了，会派专门的人护送你回去，这样一路上就能确保你的安全，他已经给你安排好轿夫和女佣。女佣会跟你一起走，沿途的城市他们也做好了安排。

事实上，为了让你一路顺畅，他们做了所有能做的准备。”

凯蒂面部绷紧，她觉得这事是她的事，他们竟然都没有征求过她的意见。不过面对修道院院长，她也不得不压制自己的情绪，以免说出什么不好听的话。

“什么时候出发？”

修道院院长依然语气温和但态度明确。

“我们感觉你应该尽早回香港，然后搭船回伦敦，那自然是最好的选择，孩子。后天早上就可以出发。”

“这么着急吗？”

凯蒂觉得自己马上要哭出来了。事情已经很明白——这里已经不能再让她栖身了。

“我感觉你们好像在赶我走似的。”凯蒂委屈地说。

凯蒂察觉到修道院院长神情缓和了下来，似乎也松了一口气。修道院院长知道凯蒂已经妥协，说话的语气自然也缓和不少。凯蒂敏锐地发觉，圣人也喜欢我行我素，因为自己得逞而眼睛微微闪光，这真是好笑极了。

“我亲爱的孩子，不要认为我狠心，我知道你有一颗仁慈的心，因为你的仁慈才不愿割舍你主动承担起的这些职责。”

凯蒂直直地看着前方，微微耸肩。她心里明白，她可没有那么高尚。她之所以想留下仅仅是因为她真的无处可去。世上没有人会在乎她的死活，谁能理解这种痛苦的感觉呢？

“我不理解你为什么不愿意回家，”修道院院长亲切地说，“待在中国的许多外国人都费尽心机想回家啊！”

“你们不想家吗，嬷嬷？”

“哦，我们的情况跟别人不同，孩子。我们离开时就做好不回去的准备了。”

由于伤心，凯蒂内心里萌生出一个恶毒的想法，她要找找那件让修女们付出一切的宗教圣衣，有没有什么漏洞。她想看看近乎完美的修道院院长身上是否还残存有人性的弱点。

“我觉得，你们永远地离开了自己成长的地方，离开了自己的至亲，有时候想想这肯定很艰辛。”

修道院院长沉默了片刻，但凯蒂看着她，发现她端庄肃穆的神情一点都没变化。

“对我的母亲来说确实是艰辛，她现在老了，作为她唯一的女儿，她一定想在有生之年再见我一次。我真希望能满足她这个心愿。但这也许是不可能的了，我们只能在天堂相见了。”

“道理是如此，不过，扪心自问，你忍心让自己的至亲忍受这样的思念吗？”

“你是在问我是否后悔吗？”修道院院长的脸一下变得容光焕发，“一点也不，从不后悔。我愿意放弃原本琐碎卑微的生活，而选择现在祈祷和奉献的一生。”

短暂沉默后，修道院院长用更加轻松的语气微微笑着说：“我想请你帮我带一个小包裹回去，你到马赛时帮我寄出去。我不太相信中国这边的邮局。我马上给你取来。”

“您也可以明天给我。”凯蒂说。

“你明天一定很忙，很难再抽出时间来这儿，亲爱的。我们今晚就权当是道别吧，这样对你来说会方便许多。”

修道院院长站起身来，带着尊贵和威严离开了房间。不一会儿，圣约瑟姐妹进来跟凯蒂道别。她先祝愿凯蒂一路平安，并告诉凯蒂这一路一定会很安全，余团长会派精干的护卫一路同行，而且修女们经常只身一人在这条线路上往返都能安全抵达。她问凯蒂习不习惯坐船，说自己在船经印度洋时晕船晕得厉害，凯蒂的母亲看见凯蒂一定会非常开心，凯蒂一路上要当心身体，毕竟有孕在身，修女们会为凯蒂祈祷，她也会那么做，为凯蒂未出生的孩子和伟大勇敢的瓦尔特医生的在天之灵祈祷。圣约瑟姐妹慈爱温柔，讲起话来滔滔不绝，然而凯蒂深深感到，在圣约瑟姐妹（她一心在为永生修行）眼中，她不过是徒有肉体没有信仰的幽灵。凯蒂想立马抓住这位性格随和、胖胖的修女的肩膀，摇着她的肩膀然后大喊：“难道你不知道我就是伤心、孤单的普通女人，我想得到的只是安慰和鼓励？你为什么不能暂时撇开上帝，给我一点同情？不是基督徒对所有受苦受难者的同情，而是像一个普通人那样给予我一点同情！”这念头让凯蒂忍俊不禁——如果真那样做，圣约瑟姐妹肯定会大吃一惊！她原本就认为英国人多半精神有问题，假如凯蒂真那么做，她就会更加深信不疑。

“我比你幸运，我不害怕坐船，”凯蒂回答，“我一点也不晕船。”

修道院院长拿着一个四四方方的小包裹走了进来。

“里面是我为母亲的教名纪念日绣的手帕。”修道院院长说，“上面的姓名的首写字母是我们这里的年轻女孩绣的。”

圣约瑟姐妹提议凯蒂一定要看看这张做工精致的手帕，修道院院长露出微笑，小心翼翼地解开了包裹。手绢用上等细麻布织成，姓名首写字母是用复杂的花体字绣成，上面绣有一个用草莓叶编织的王冠。凯蒂得体地赞美手帕的精美做工，修道院院长又把它包裹起来，递给凯蒂。圣约瑟姐妹向凯蒂表达了谢意，在说了句“我的女士，我不得不走了”后，转身离开了房间。凯蒂觉得也是时候向修道院院长道别了，于是就对她说了许多感谢的话。她们一起沿着空荡荡的白色走廊往前走。

“让你到达马赛港时去投递包裹会不会很麻烦？”修道院院长问。

“那是我的荣幸。”凯蒂说。

凯蒂看了一眼包裹上的地址。姓名一看就知道是名门贵族，但那地址更加吸引凯蒂。

“这上面的城堡我好像去参观过。当时我和朋友们在法国旅行。”

“有可能，”修道院院长说，“城堡每星期有两天对外界开放。”

“我想我如果生活在那么美丽的地方，我不会有勇气离开。”

“那确实是座古堡，但我觉得它一点也不亲切。假使真有什么遗憾，也不是离开它，而是离开我小时候居住的那个小城堡。

它坐落在比利牛斯山脉旁，我在那里出生和长大，在那里能听到海浪的声音。不得不说，我现在还是喜欢听到海浪拍打礁石的声音。”

凯蒂猜想，修道院院长一定是知道了她说那些话的原因，在偷偷地和自己开玩笑。来不及想明白，她们已经走到了修道院的门口。让凯蒂感到意外的是，修道院院长竟张开双臂抱住凯蒂，吻了一下她。修道院院长苍白的嘴唇，先亲凯蒂的左脸颊，接着是右脸颊。由于猝不及防，凯蒂一下子羞红了脸，差点哭起来。

“再见，我的孩子，上帝保佑你。”修道院院长搂住凯蒂，抱了好一会儿，“记住，一个人尽职尽责是应该的，没什么了不起，和一个人手脏了洗手一样。最重要的是热爱自己的职责，当热爱和职责融为一体时，你会得到上帝的祝福，你也会得到无比的幸福。”

修道院的门在凯蒂身后关上了。

Chapter 69

韦丁顿和凯蒂继续往山上走，半路又折道去了瓦尔特的墓地。看望过瓦尔特，他们在那座牌坊前分手道别。这是她最后一次看到这座牌坊，凯蒂在湄潭府的这些日子总和它时不时牵连在一起，离别时，它的讽刺意味也丝毫不减。她坐上了回去的轿子。

一连过去的好几天，沿途的风光对凯蒂来说都只像是舞台上的布景。不敢相信，几个礼拜前，她就是沿着同一条路朝着相反的方向匆匆赶路。眼前的风景和来时的风景模模糊糊地交叠在一起，分不大清楚了。肩扛行李的苦役们拖着步子，离离散散地跟着，前面有三两个，中间有一个，在最后离这儿老远，又是三两个，随行的护卫队的兵士们步伐也同样沉重，一行人一天能走上五至一十里。凯蒂坐的是四人轿子，女佣坐的是两人的，倒不是凯蒂比她要重，只是因为主仆有别。时不时会碰见一队同路的担着货物的苦役，排成一行慢悠悠地前进；也会遇到坐轿子的中国官员，看到这位白种女人便上下打量一番，表现得好奇不已。这之后又来了一群农民，穿着破旧的蓝布褂子，头戴一顶大帽子，急急忙忙地赶着去市场。接着碰到一个中国女人，分不清她的年纪，她裹着小脚，小心翼翼地一步一挪。他们有的人一会儿上山，一会儿又下山，来往不停。山上稻田排列整齐，竹林掩映着农民的屋舍，一切显得无比静谧和安详。轿子穿过粗陋的村落、人头攒动的城镇。这些城镇像是弥撒书里面描述过的古城那样，有一层厚厚的围墙包裹。初秋的阳光曚曚昽昽，照射在整齐的稻田上，蒸腾起恍若仙境的薄雾。天太早时还会有点冷，随后便会暖和起来。凯蒂沐浴在金色的晨光里，尽情地享受这难得的惬意时光。

眼前的美景叫人应接不暇，时常让人感到意外，像极了一块色彩斑斓的鲜艳花毯。凯蒂的思绪像是神秘而暗淡的影子在上面晃来晃去。此刻，记忆中的一切都变得不真实起来。湄潭府的垛墙一下子变成了舞台上的一副巨大幕布。嬷嬷们，韦丁顿，满洲

女人，活像是戏台上别出心裁地装扮出来的人物，一个个登场。而其他人——那些弯弯曲曲的街道上闲逛的人，那些死去的老百姓，仅仅是舞台上一闪而过的小小配角。当然所有人的出演都是为了诠释某些意义，可究竟是什么呢？他们像一场古老的宗教仪式上的舞者，那些随着复杂节奏舞动着的肢体显然拥有深刻而神秘的意义，可是凯蒂始终都无法完全领悟。

她无法相信眼前的情景——一个老妪沿着堤道徐徐前行，她的蓝布衣服，在金黄的阳光下呈现出的竟是天青色，她的脸皱纹遍布，像一副老旧的象牙面具，她佝偻着身体向前一步一步挪着小脚，手里拄着一根长长的黑色棍子——她难以相信瓦尔特和她一同参加了这么一场奇幻的舞会，还在其中扮演了相当重要的角色。她可能早已丢了性命，瓦尔特不就丢了吗？这该不会只是一个玩笑？或许只是一场怪梦？她应该马上就能醒来，然后发现只是虚惊一场。转眼之间，这一切就好似发生在一个遥不可及的地方，在明媚的阳光里，这出遥远戏剧里的角色开始变得那么陌生。凯蒂觉得这台戏也像是一部小说，书里描述的故事怎么可能发生呢？简直把她吓了一跳。她已经想不起那些面孔具体长得怎样了，这些名字听起来，既熟悉又陌生。

傍晚他们便可以抵达西江岸边，在那儿她便可搭上汽船，再用一夜时间就可以到香港了。

Chapter 70

起初她为自己没能在瓦尔特死去时痛哭而愧疚。那说明她铁石心肠，想想连余团长都为他的死而泪流满面。她是被他的死摄住了，她一时没反应过来。她很难想象从此以后他再也不会回到住处，再也听不到他早上起来时洗脸的声音。他曾经是那么活生生的人，而如今这么轻易地就死掉了。修道院的嬷嬷们都十分惊奇她是怎样克制如此巨大的悲痛的，都对她的泰然态度佩服不已。但是她还是瞒不过精明的韦丁顿，他虽曾严肃地向她表示同情，可她始终觉得，有些话他还是始终没敢说出口。瓦尔特的死对她来说肯定是个打击，她不希望他死。但是她还是不爱他，从来不曾爱过。未亡人本该恸哭来彰显贤惠的妇道，但在经历了那么多的事情后，她不想再那样惺惺作态、在乎别人的看法了。明眼人知道了她内心的想法大概会骂她无情无义吧！过去这几个礼拜她明白一个道理，有时对别人撒谎或许是不得已而为之，但自欺就是最不可原谅的了。对于瓦尔特的死，她很遗憾，但她之所以悲痛是因为她不想看到任何人死去，更何况瓦尔特是她的朋友，她更不希望死去的人是他。她承认瓦尔特有着难得的品格，可不幸的是她偏偏不能爱上他，甚至有时对他还有些厌烦。不能说瓦尔特的死带给她解脱。可以这么说，假如她的哪句话能让瓦尔特起死回生，她会毫不犹豫地说出那句话。但是不能否认，瓦尔特死后，她的生活确实多少变得舒畅了些。他们在一起从没快乐过，而想要分开又几乎不可能。想到这里她被自己的想法吓了一跳，如果别人知道了，一定会认定她是个心如蛇蝎的女人。但他们又怎会知道呢？她开始怀疑这世界上每个人心里都有一些见不得人的秘密，恐怕被人看见。

她不知未来会怎么样，心里没有一点打算。唯一确定的是先回到香港，到那里再打算下一步。她想象不出自己抵达那片土地时会是怎样的一副心情。不过她情愿永远坐在藤条轿子里欣赏旅途上恬静优美的风景，每天都在不同的客栈过夜，芸芸众生匆匆忙忙的生活与她不要发生关系，她只愿当个冷眼旁观的漠然看客。但眼前的情景她必须面对，到香港后先住旅馆，把之前的房子退掉，家具能卖的也卖掉。没必要去见汤森。他一定也会识趣地避开她。她倒想去见见他，好告诉他，她是多么鄙视他。

不过，又何必如此呢？汤森算个什么东西？

她此刻有一种说不出的感觉，一个念头持续不断地敲击着她的心房，像是一部宏大的交响乐里，总是潜藏着一只清晰而悠扬的竖琴的旋律。是一样东西赋予了那一望无际的稻田以奇异的色彩，在一个驾车赶集的中国小伙儿对她评头论足时，是那样东西让凯蒂不但不生气，反而回敬善意的微笑。那样东西就是自由！那座瘟疫肆虐的城市是一座监狱，她刚刚从那里逃脱，现在她眼里的天空前所未有地湛蓝，堤道上斜伸出的竹林也那么可爱。自由！正是有了自由，尽管未来不是那么清晰，但就像小河上的薄雾，在晨光里显得明媚又神秘。自由！让她挣脱了束缚，那个纠缠她的人影消失了，死亡的威胁烟消云散，使她忍辱受屈的爱情也随风而逝了。所有的羁绊统统消失了，此刻只有自由奔放的灵魂。因为自由，她对未来无所畏惧。

汽船很快抵达香港，凯蒂一直站在甲板上，望着河面上来来往往的船只出神。一会儿，她走进自己的客舱看女仆是否把行李准备好了。她看了一眼镜中的自己，她穿着一身黑衣——那是修女们为她染的一条黑色连衣裙，被当作丧服。突然她想起一件事，那就是这袭黑衣，居丧的服饰对她来说只不过是一种伪装，掩饰她不合常理的内心感受。有人在敲舱门，女佣开了门。

“费恩太太。”

凯蒂转过头来，是一张似曾相识的脸，旋即记了起来。她的心脏猛烈地跳动了一下，脸也跟着红了。来人不是别人，正是多萝西·汤森。凯蒂做梦都没想到会在这时碰见她，手足无措，也不知说什么好。此时，汤森夫人也走进舱门，张开手臂把凯蒂搂在了怀里。

“哦，亲爱的，亲爱的人，你是多么不幸。”

凯蒂任由她亲吻了自己，这个冷漠的女人做出如此深情的举

动让她有些吃惊。

“谢谢你。”凯蒂不耐烦地说。

“咱们下船吧。这些东西让童仆来拿。”

她拉起凯蒂的手，在前边为凯蒂引路。凯蒂看到这个女人晒黑了的脸上，的确有一副关切的神情。

“你的船早到了，我差点没有时间赶过来。”汤森夫人说道，“如果没有接上你，我不会原谅我自己的。”

“你是专程来接我的？”凯蒂吃惊地问。

“当然。”

“可是，你怎么知道我什么时候回来？”

“韦丁顿先生给我拍了一封电报。”

凯蒂转过身去，她的喉咙像是被什么东西堵住似的难受。一点意外的善意就收买了她的心，她也太容易被收买了。凯蒂还不想哭，她希望多萝西·汤森能走到一边去。可是她却一把拉起了凯蒂的手，紧紧地握住了。

“我希望你能答应我的请求，查理和我都希望你在香港期间能来我们家和我们一块儿住。”

凯蒂抽回了手。

“你们太好了。不过我很可能去不了。”

“你怎么能单独一个人住在原先的家里呢？这对你来说太可怕了。我已经都给你安排好了，已经给你准备了自己的起居室。如果你不介意，可以和我们一起吃晚餐。我们两个都盼着你能来。”

“我不打算住原来的房子，可以先住在香港酒店。我绝对不想麻烦你们。”

听了她的建议，凯蒂大为吃惊，甚至有些糊涂了。但凡查理还有一点自尊心，他怎会允许他的妻子做如此邀请？她也绝不想欠他们什么。

“哦，你怎么能住酒店呢？你住那里我想都不敢想。香港酒店不是清净的地方，三教九流什么人都有的，乐队没日没夜地演奏着爵士乐。快说你愿意来吧！我保证我们都不会打搅你。”

“你为何要对我这么好？”凯蒂似乎再也找不到拒绝她的好理由，但是又不好断然地回绝，“恐怕跟不熟的人在一起，我不会是个好伙伴。”

“难道我们和你不熟吗？哦，我绝不希望这样，我希望你能把我当成你的朋友。”多萝西两手紧握于胸前，沉稳、高贵的语调突然颤抖了一下，眼泪也流了下来，“我真心地希望你能来。希望你给我一个机会，我要弥补我对你犯下的过错。”

凯蒂没听懂她这话的意思，查理的妻子对她有什么亏欠呢？

“我开始的时候不是很喜欢你。我以为你是个缺乏教养的人，你应该知道，我这人太传统、太保守了。我想我才是招人厌烦的。”

凯蒂飞快地瞧了她一眼。多萝西起初认为她粗鄙没教养，她为什么要告诉自己这些？不过很快，凯蒂虽还是不露声色，但在心里却笑出声来：她现在还用在乎别人的看法吗？

“当我得知你毫不犹豫地陪丈夫去了那个危险的地方时，我简直觉得自己真是个下流货色。我真该羞愧。你是如此勇敢，如此伟大，你做的事只证明了我们所有人都是小人、胆小鬼。”说这话时，她那张亲切而真诚的脸上早已泪如泉涌，“我说不清楚我对你有多么敬佩。我知道你刚刚痛失亲人，心情一定很糟，可是我希望你明白我对你都是真心诚意的。假如你能允许我为你做哪怕一点点小事，那也算是赦免了我的罪过。不要因为我曾经看错了你而怨恨我，你是一位优秀的女性，而我一直都是那么愚蠢。”

凯蒂望向了甲板，脸色一片苍白，她多希望多萝西没有这么直白地表达这些感情。她的确有些被说服了，但是她不免为自己这么容易就轻信而烦躁起来。

“假如你真愿意接纳我，那我就恭敬不如从命了。”她轻叹了一声。

Chapter 72

汤森一家的住所是一座濒海的山顶公寓。查理一般不回家吃午饭，此刻家里只有凯蒂和多萝西，但因为今天是凯蒂回来的日子，多萝西说，若凯蒂想见见他，那么他很乐意赶过来向她问好。凯蒂想着既然早晚都得和他碰面，不如现在就见面的好。她还在心里盼着看他的好戏呢！想瞧瞧碰见她后，他该有多么“心安理得”。她能够断定邀请凯蒂的主意是多萝西想出来的，而查理有难言之隐，其实心里应该很不愿遇见她，权衡再三才答应多萝西的请求。假如他现在回忆起他们最后一次见面的情景，肯定会觉得脸上发红，无地自容吧！对于汤森这样虚荣的男人，那一幕肯定会成为他一个永远无法愈合的伤口。她希望她给他留下的伤害要比他给她留下的更深。他如今一定恨她至极。她一点不恨他，只是鄙视他，这让她觉得很满足。一想到汤森不得不装腔作势地对她大献殷勤，她就有些志得意满。她离开他办公室的那个下午，说不定他已经发誓再不想看到她这个人了。

而此时，凯蒂和多萝西正一起坐着等待查理回来。不得不说，凯蒂发觉自己喜欢这样庄重豪华的起居室。她坐在安乐椅上，房间四周点缀着漂亮的鲜花，墙上挂有格调高雅的风景画，整个起居室布置得亲切而舒适，周围绿树成荫。凯蒂想起了传道士居住的简单粗陋的客厅，想起那客厅里的长藤椅和铺着粗布的餐桌，浸满污渍的书架和上面摆放的廉价小说，落满灰尘的半截红窗帘，凯蒂不由得全身一颤。啊，那样的客厅看起来真叫人难受！多萝西都没想到在这世上竟然有那样的客厅。

车子的声音听起来越来越近，接着查理大步流星地走进了起居室。

“我来迟了吧？没让你们久等吧。我有事去了总督大人那里，一时脱不开身。”

他走到凯蒂面前，握住她的双手。

“您能来是我的荣幸。我们希望您能在这里多住几天，不要见外，来到这里就像是回家一样。这些话多萝西肯定跟您说过了，不过我还是想亲自再跟您说一遍。您需要什么东西，尽管开口，帮助您将是我的荣幸。”他眼神里流露出真诚，看上去非常动人，不过凯蒂也不知他发觉没有，她的眼神里充满嘲讽。“我不是那种善于辞令的人，当然我也不想表现得像个笨蛋，总而言之，我仍然要向您表达最深切的同情——对于您丈夫的去世。他是个难得的好人，大家都会怀念他的。”

“别说了，查理，”查理的妻子说，“我觉得凯蒂一定明白……鸡尾酒上来了。”

按照在华洋人的豪华气派，两位穿着制服的童仆端着开胃菜和鸡尾酒，走进了房间。凯蒂表示她无论怎样都不会喝酒。“哦，您一定要喝一杯，”查理连忙热情地劝说，“喝点酒对你会有好处。我敢肯定，我估计离开香港后您就没再喝过鸡尾酒。要是我没弄错，在湄潭府连冰块都很难搞到。”

“您说得不错。”凯蒂说。

突然，凯蒂的脑海里浮现出一个画面——院墙外那个死去多时的乞丐，他蓬头垢面，破烂不堪的蓝色上衣遮不住他骨瘦如柴的下肢。

Chapter 73

他们三人开始吃午餐。查理坐在桌首，轻而易举地掌控着交谈的话题。除了开口时提起的一两句，查理后来就基本不提那件扫兴的事了，他对凯蒂的态度就像她不是在经受什么巨大的变故，倒像是她刚刚做了一个割掉阑尾的小手术，从什么景点散心才回来。凯蒂希望振作起精神，而查理也愿意那么做。要让凯蒂感觉开心自在，最有效的办法就是把她当成家庭成员那样对待。他是个世故圆滑的男人。他讲起秋季赛马会和打马球的趣事——老天，如果他再不减点肥他就不能再参加马球比赛了——接着又说起上午与总督大人的谈话内容。前两天，他和总督一起出席了在旗舰上海军上将举办的宴会，聊起广东的时局和庐山高尔夫球场的情况。不过几分钟时间，凯蒂就觉得自己开始对这些事情感到亲切起来，这几个星期的遭遇有点像是周末出了趟门。但是叫人难以置信的是，在香港以北不过六百英里的地方（差不多是伦敦到爱丁堡的距离），那么多男人、女人、小孩像苍蝇一样死去。没过一会儿，凯蒂不知不觉地问起了谁在马球比赛上摔断了锁骨，某某夫人回英国了，那位女士是不是参加过网球锦标赛。查理不时讲起一些笑话，凯蒂也偶尔发笑。多萝西带着她的优越感（现在凯蒂身上也有这种典雅的神气，所以它也不再那么惹人讨厌，反而成为联结两人的强烈纽带），漫不经心地对这块殖民地上的各色人等进行着嘲笑和戏谑。凯蒂不知不觉变得欢快起来了。

“这不，她的面色看起来好多了。”查理对他的妻子说，“午餐前她脸色苍白，还让我很担心她，现在她的脸色好一些了。”

在凯蒂交谈时，她没有表现得多么活跃（因为凯蒂觉得不论是傲气的多萝西还是讲究体面的查理都不会赞同她那样做），但至少是带着一种乐观礼貌的语气回应每个话题。此时，再看看查理，过去的这好儿个星期，凯蒂一直想要找这个负心汉报复，那段时间，她脑海里是这样描绘查理的形象：他的头发已经蓄得有点长，梳理得造作而熨帖，为了掩盖日渐灰白的头发；他的脸发红，脸颊上已经渗出鼓胀的紫色血管。他的下巴太肥大，而且一旦他抬起头，看起来就更加明显；眉毛浓密却难以遮挡下面的灰斑，一下子让人想起了猿猴。他所有的嘴脸都让凯蒂隐隐感到一阵恶心。他走起路来沉重缓慢，尽管他很注意保养，却毫无效果；他满身赘肉，关节就像中年人一样不灵活；他的衣服穿在他身上又小又滑稽，看上去与他的年龄极不相称。

但是当查理走进门时，凯蒂吃惊不已（她也许就是因此才脸色苍白），因为她发现自己原来的想象一点都不可靠——查理一点也不是她想象的那样子。她不由得嘲笑起自己。查理的头发根本没有变成灰白色，嗯，太阳穴那儿确实有几缕白发，不过也跟他的年龄相称。他的脸也不是红色，而是被晒得黝黑。他的头发和脖子跟以前一样，下巴也没有变成双下巴。不得不承认，他的身材可以称得上高大，他的体态也有可称道之处——你总不能因为他生来就对自己的样貌沾沾自喜就指责他吧？——他还远称不上老迈。当然，这一切可能都归功于他善于穿衣打扮，因为他的衣着看起来整洁、干净。究竟是什么让凯蒂把他想象成那副模样呢？不得不说，他是个英俊潇洒的男人。幸运的是，凯蒂知道他是个金玉其外败絮其中的男人。凯蒂清楚地记得他的嗓音，他的嗓音有种动人的魅力——他的嗓音让他那些骗人的鬼话更加叫人愤怒，尽管听起来温暖动人、低沉轻柔，现在让凯蒂听来只有虚情假意——凯蒂不明白自己当时怎么就着了迷。他的眼睛也是他的魅力所在，那是双湛蓝色的眼睛，看着你时，哪怕是他满口说着无聊话题也会让你感觉愉快，谁能面对这双眼睛而不动容呢？

最终，仆人端上来了咖啡，查理点上了一根雪茄。他看了看表，接着站起身来。“嗯，你们两位女士继续聊。我该回去工作了。”他停顿下来，用他友善的眼神看了一看凯蒂，说，“您好好休息，我过一两天再打扰您，跟您谈一点事情。”

“跟我？”

“我们得帮您处理好您那栋房子，当然，还有那些家具。”

“哦，那我可以自己去找律师。这事我就不用您费心了。”

“我不会允许您花钱请律师的。我会帮您处理好的。您知道您理应得到一笔抚恤金——我会跟总督大人讨论这件事，看能不能跟各方面申请，为您多争取一些。您放心，我不会让您太费心的。您注意身体和养好精神就行——你说对吗，多萝西？”

“那是肯定的。”

查理对凯蒂点点头，越过他妻子的座位握住凯蒂的手吻了一下。大多数英国男人亲吻女士的手时看起来都有些笨拙，而查理却做得优雅得体。

Chapter 74

凯蒂在多萝西·汤森这里安顿下来后，才忽而觉得全身都那么疲惫。之前的一段时间她的神经绷得像根弦，如今一到舒适的环境，又受到非同一般的礼遇，整个人一下子放松下来。她一下子体会到自由自在不受拘束带来的美好，卧室里美观养眼的饰品让她慵懒欲睡，再次成为众人瞩目的对象让她心满意足。她舒服地长吸了一口空气，在这东方的整洁奢华的房间中沉醉了过去。而今她以淡素、矜持的形象出现在舆论中，成了大家同情的对象，这种感觉倒也不坏。因为刚刚遭受亡夫之痛，大家没法给她准备盛大的晚会，只有殖民地的淑女贵妇们（总督阁下的夫人和海军司令及首席法官的太太）依次来看望过她，陪她喝了下午茶。总督夫人说总督阁下殷切地希望能和她见面谈谈，如果她愿意到总督府吃一顿安静的晚餐的话（当然不是什么宴会，陪同的只会是几个副官）。凯蒂被那些淑女贵妇们当成了价值连城又易碎的花瓶。在她们心里，凯蒂绝对是位女中豪杰，而她也有足够的幽默感，足以演好她端庄美丽的形象。她有时会希望韦丁顿也能出现在这儿，他那双毒辣精明的小眼睛一下就能发现其中的滑稽可笑，等只剩他们两人在场时，指不定会乐成什么样呢！多萝西收到了韦丁顿寄来的信，信上说起她在修道院是怎样地鞠躬尽瘁，面对瘟疫又如何沉着冷静，面对变故如何泰然自若。韦丁顿可真行，把那些人耍得团团转，真是只狡猾的老狐狸。

Chapter 75

不知是碰巧如此还是他故意避开，凯蒂一直没有和查理单独相处过。他待人一如既往地周到圆滑，面对凯蒂一直是一副亲切、体恤的嘴脸。谁也不会猜到他们的关系不仅仅是熟识那么简单。不过，有天下午她躺在沙发上正看书时，他从走廊走了过来，停下了脚步。

“你读什么呢？”他问道。

“书。”

她讥讽地看着他。他嘴角向上微笑起来。

“多萝西去参加总督府的游园会了。”

“我知道。你为什么不一块儿去？”

“我不太想去，我想回来陪你。车子就在外面，不如在岛上到处兜兜风吧！”

“不需要，谢谢。”

他坐在她躺着的沙发的角上。

“你来这儿以来我们还没机会单独说说话呢！”

她用冷淡、傲慢的目光直视着他的眼睛。

“你认为我们还有什么可说的吗？”

“还有很多。”

她挪了下脚，好不碰着他的身体。

“你还在生我的气吗？”他轻声问道，眼神变得十分柔和。

“不，一点没有。”她笑道。

“你要是真不生我的气就不会笑了。”

“你错了。为你这种人，根本犯不着。”

他还是不慌不忙。

“我想你对我太苛刻了。你好好想想过去，诚心地说，我做得不对吗？”

“只为你考虑，是那样。”

“现在你也算了解了多萝西，你得承认她是个很好的人，对不对？”

“确实。对她的好意我十分感谢。”

“她是难得的好妻子。如果我离开了她，我不会有片刻的安宁。离婚对她来说无疑是最丑陋的罪行。此外，我也不得不为我的孩子们着想。他们很可能因此会有心理缺陷。”

她凝神直视着他，盯着他看了足足有一分钟。她觉得已经完全占据主动。

“来这里的这个礼拜，我仔细观察过你和她的关系。我现在确定了，显然你是真心喜欢多萝西。以前我则认为你不可能那样。”

“我告诉过你我喜欢她。对男人来说，她是最好不过的妻子。

我不忍心伤害她的感情。”

“你过去的某些行为就是对她的忠诚吗？”

“她不会知道那些的，眼不见，心不烦。”他微笑着回答道。

她耸耸肩表示出无可奈何。

“你这人真是下贱。”

“我不知道我深深地爱着你为何会招来你的厌恶。”

“这不是很公平吗？”她挖苦道。

“事实上我从未想到我们会走到这种地步。”

“你这个人精明得很，无论何时，都是别人替你受罪，你却始终毫发无伤。”

“我想你误会我了。无论如何，现在一切都过去了，你必须看到我一直在为我们两个打算。你应该高兴我还保持着清醒，而你当时并不清醒。如果我当初按照你的希望那么做了，你觉得结局你会满意吗？如果那么做了，我们只落得个更惨的下场。事实上，如今你安然无恙，为什么我们不吻一下对方，再成为朋友呢？”

她差点笑出声来。

“你差点就让我忘记是谁把我往坟墓里推了。”

“哦，简直是胡说！我告诉过你只要做好防护措施就会毫发无伤。你觉得我要是不确信这一点，会放心让你去吗？”

“又不是你自己去，你和懦夫有什么区别，为了自己什么谎都撒得出来。”

“但是事实胜于雄辩。你回来了，如果你不介意听我说句实话的话，你回来时比以往更漂亮了呢！”

“那瓦尔特呢？”

他嘴角露出笑意，突发灵感地说出来一句妙语：“黑色的衣服穿在你身上真是漂亮极了。”

她盯着他看了好一会儿，开始痛哭起来，泪水从眼眶里涌出，美丽的脸庞因为悲痛而扭曲了。她此刻没心情再遮遮掩掩，身体靠到了沙发背上，双手摊开。

“你别哭啊！那只是句玩笑，我并无恶意。我知道你还没从伤心的往事里走出来。”

“哦，闭上你那张愚蠢的臭嘴吧！”

“假如瓦尔特能活着我愿用任何东西交换。”

“他是因为你和我才死的。”

他拉住了她的手，但她很快挣脱。

“请你离我远点，”她抽泣道，“这是你现在唯一能为我做的，你只让我鄙视，你懂吗？瓦尔特比你强上百倍。我真是个大傻瓜，这么晚才明白这些。我恨你，恨透了你，快离开这儿。”

他似乎还要继续说下去，凯蒂便从沙发上跳起来，回了自己的房间，他也跟了进去。出于本能的谨慎，她拉上了百叶窗，屋子里漆黑一片。

“我不能就这样走了。”他说道，一边用胳膊搂住了她，“你知道我不是有意让你难过。”

“别碰我。看在上帝的分上，你走吧，我不想再看到你。”

她狂乱地哭叫起来，想从他的双臂间挣脱，可他抱得更用力了些。

“亲爱的，你不知道我一直都是爱你的吗？”他用温柔而低沉的嗓音说道，“我的心一天都没变啊！”

“鬼才相信你的话！你快滚，该死的，放开我。”

“不要这么恶意地对待我，凯蒂。我知道我曾经粗暴地对待你，可求你原谅我，好吗？”

她不停地抽泣，全身颤抖，用力挣扎想一把将他推开。可是他强壮有力的胳膊抱得越来越紧，渐渐给了她一种莫名其妙的抚慰感。她太虚弱了，太久都没有一个肩膀可以依靠，她心底有个声音说道，就再让他抱她这一次，就一次。她觉得自己的整个骨节都快要融化了，对自己的怜悯盖过了刚才对瓦尔特的悲痛。

“哦，你怎么能这样对待我？”她抽泣着说，“你不知道我是真心爱你的吗？你那样对我你还有半点良心吗？”

“亲爱的。”

他试着亲吻她。

“不，不。”她哭喊道。

他的脸突然凑向她，她连忙扭到了一边。他又凑近她的嘴唇，此刻她的神经无比脆弱迷乱，他的那些甜言蜜语她一点也听不清。他的胳膊紧紧搂着她，她觉得自己是个迷路的小孩，现在终于安全地回到了家。她闭上了眼睛，轻声地哭泣着，满脸都是泪痕。他终于还是找到了她的嘴唇，她觉得一股力量穿透了她的身体，像是上帝的炫光一样。她似乎变成了熊熊燃烧的火炬，周身散发热量，好像一下子幻化成仙。这一切似乎是幻觉，在她的梦里她曾经体会过这种感觉。她不清楚，接下来他要怎么处置她。她已经不是女人，身体里那只充满了膨胀的欲望的野兽开始苏醒。他抱起了她朝床边走去，在他的手臂上她显得那么轻，她绝望而依恋地依偎在他的胸膛上。她的头轻轻地陷在枕头里，他的嘴唇慢慢贴了过来。

Chapter 76

她坐在床上，脸埋在双手里。

“你要喝点水吗？”

她摇了摇头。他走到洗漱间，用杯子接了水给她端过来。

“喝点水吧。你会感觉好受些。”

他把水送到她的唇边，她呷了一小口。接着，她用惊恐的目光直直看着他。

他站在她前面，眼睛向下看着她，眼里闪烁着得意的光芒。

“嗯，你现在还认为我是只肮脏无耻的狗吗？”

她闭上眼睛。

“是的。但我也不认为我比你强多少。哦，我只是比你多那么点廉耻心。”

“哦，看来你还是对我有误会。”

“你可以走开了吗？”

“是的，我觉得是该走了，我得在多萝西回来前梳洗一下。”

他得意扬扬地走出了房间。

凯蒂佝偻着呆坐在床边，脑子一片空白。她全身都在颤抖。她站起身来，蹒跚着走到梳妆台前，重重地坐在了椅子上。她盯视着镜中的自己，她眼睛红肿了，脸被泪水弄花了，脸颊的一侧还留有一小片红色，是他的脸蹭过来时印下的。她恐惧地看着镜中的自己。还是她原来的那张脸，没有一点变化，她原以为会看到一张下贱丑陋的脸。

“猪狗不如，”她朝着镜中的自己骂道，“下流坯子。”

接着她把脸埋进臂弯，撕心裂肺地哭了起来。太耻辱了！她不知道自己怎么会这样。这件事太可怕了。她恨死了他，她也恨死了自己。是不是一场可怕的幻梦？真恶心！她再也不想碰见他这个人。他是如此堂而皇之。他是对的，他不应该娶她，因为她就是个贱货，她和一个妓女差不多。哦，不，她比那些女人更糟糕，那些可怜的女人是为了面包才出卖肉体。她呜咽着，双肩跟着一起晃动。一切希望都化作泡影。她以为她已经变成另外一种人，她以为自己已经变得足够坚强，她以为她回到这里会变成一个冷静克制的女人。刚回来时，新的想法像阳光下飞舞的蝴蝶，自由在向她招手，整个世界像一片广阔的天地，她昂首挺胸自信地向前走去。她曾以为自己已经从性欲和虚幻的激情中解脱出来，从此以后会过上纯净而健康的精神生活。她曾把自己想象成黄昏时在水田上空悠闲飞翔的白鹭，它们安静得就像自己的思绪，安宁而自由。可到头来，她只是个欲望的奴隶。脆弱啊，太脆弱了！自由是痴心妄想，再努力也于事无补，因为她就是个下流女人。

她不想去吃晚餐。她叫童仆带话，告诉多萝西说她有些头疼，想在房间待一会儿。多萝西进来后，看到她红肿的眼睛，便亲切温和地和她聊起了些琐事。凯蒂知道多萝西一定以为她伤心是因为瓦尔特的缘故，所以像一位好心肠的女人那样对她表示了同情。

“我知道你还在为那些事伤心，亲爱的。”她离开时对凯蒂说，“可你必须鼓起勇气。我肯定他一定不愿意看到你这样为他悲伤。”

Chapter 77

第二天她一早就起了床，给多萝西留了一张字条，说她要外出办事，便乘电车下了山。她在拥挤不堪的街道上走着，街上汽车、黄包车、轿子熙熙攘攘，不同肤色的人来回穿梭，有中国人，也有外国人。她来到了太平洋航运公司的办事处。最早的一班船在两天后起航，她打定主意不管怎样都要登上那条船。办事员告诉她说，所有的舱位都已经订满了。她于是请求和票务主管见上一面。她说出了自己的姓名，不一会儿，那位曾和她有一面之缘的票务主管迎了出来，将她接进了办公室。他之前已知道凯蒂现在的境遇，凯蒂向他申明了自己的请求，他便叫人拿来了乘客名录。但他随即又皱起了眉头。

“我恳求您帮我这个忙。”她急切地说。

“我想在这块殖民地上没有人会不竭尽全力地为您效劳，费恩夫人。”他回答说。

他叫来了一名办事员，向他询问了一些情况，然后点了点头。

“我将会调换一两个舱位。我知道您正欲回国，我想我们会竭尽全力满足您的要求。我为您单独安排了一个小客舱，那应该能让您满意。”

谢过了那人，凯蒂便带着满意的心情离开了那儿。真巴不得马上回到家，这是她此时唯一的想法。真巴不得飞回去！她给父亲发了一封电报，通知他自己马上就要启程回国，之前她也发去电报告诉了父亲瓦尔特去世的消息。她回到了汤森家的寓所，把自己的安排跟多萝西说了。

“你离开这里让我们都舍不得，”多萝西这么说道，“不过，我理解你想和亲人团圆的心情。”

回到香港后，凯蒂迟迟不愿再到她原来的那栋房子去。她害怕再走进那扇门，害怕自己看到那些熟悉的场景，让自己回忆起过往。然而，如今她别无选择了。汤森已经给她房子里的家具找到了买主，同时为那栋房子找到了新的租客。而且房子里放着她和瓦尔特的全部衣物，去湄潭府时他们几乎没带走什么东西，那里还有很多书、照片、其他小玩意儿。凯蒂巴不得永远不再看见那些东西，她只想和那些痛苦的过去一刀两断。不过，要是她一股脑儿地把那堆东西送到拍卖会上去，恐怕会激起敏感的殖民地上流社会的愤慨情绪，他们一定会把这些东西全部买下来，打包寄回她家里去。所以，吃过午饭，她就打算去一趟原来的住所。热心的多萝西提出要去给她帮忙，但是凯蒂再三推辞，最后只同意多萝西家的两个童仆一同前去，帮着收拾东西。

房子一直由管家照料，凯蒂到时是他开的门。走进屋子，凯蒂倒像是个陌生人。屋子里收拾得干净整齐，各种东西还放在原来的位置，好让她回来后马上就能使用。尽管天气暖和，阳光很足，可在这栋寂静的公寓里却飘荡着冰冷、凄凉的气氛。各种家具呆板地摆放在原处，用来插花的花瓶好像也丝毫没有移动过位置。那本凯蒂不知什么时候翻开的一本书，依旧面朝下放在桌面上。凯蒂觉得他们好像只离开了一分钟，而这一分钟却有一个世纪那样漫长。难以想象这栋房子里还会再有欢声笑语。钢琴上摊开着狐步舞曲的乐谱，它在等人去演奏，可你却有种感觉，当你按下琴键时不会有任何声音。瓦尔特的房间还像他在时那样整洁。箱柜上面挂着凯蒂的两张加大照片，一幅是她进宫拜谒时照的，另一幅是她的婚礼照。

仆人们把大小物品从储物间搬了出来，凯蒂站在一边，看着他们把它们打包。他们动作麻利，凯蒂想两天之内他们肯定能整理好。这段时间她竭力克制自己不想未来的事情，她只想着离开这里就会好的。忽然，身后传来了一阵脚步声，凯蒂回头一看，是查理·汤森走了过来。她一下子觉得有点扫兴。

“你来干什么？”凯蒂问道。

“能去你的起居室吗？我有件事要和你谈。”

“我忙着呢。”

“只用你五分钟时间。”

她没再说话，吩咐仆人们继续干活，然后走在前头同查理一起来到了隔壁的房间。她没坐下，好让他明白赶紧说完话就走人。她感觉自己脸色苍白，心怦怦直跳，但还是冷淡地直视着他，目光里带着敌意。

“你有什么事？”

“刚刚多萝西跟我说你后天就要走，正在这里打理东西，让我过来看看有没有什么需要我帮忙的。”

“感谢你的关心，我一个人应付得来。”

“我知道你会这么说。我来不是要问你这个。我想问你突然就决定走是不是因为昨天的事。”

“你和多萝西对我很好，我不希望你们觉得我是在利用你们的好心肠，赖着就是不走。”

“你没回答我的问题。”

“那跟你有什么关系？”

“怎么没有？我不希望是我做错了什么事把你逼走了。”

她目光低垂，站在桌子旁边，桌上放着一份《简报》。报纸上的日期是几个月之前的，那个可怕的夜晚，瓦尔特就是一直盯着这张报纸看来看去，那时……现在瓦尔特已经……她抬起了头。

“我觉得自己真是低贱透了。你不可能比我更鄙视我自己。”

“可我完全没有鄙视你的意思。昨天我说的每一句话都是出自真心。你这样一走了之又有什么好处呢？难道我们不能成为好朋友？你总是认为我背弃了你，我不赞同你的这些想法。”

“你为什么老是来缠着我？”

“胡说八道，我的心又不是石头做的，你不能老是那样看那件事，你是在钻牛角尖儿。经过昨天以后我想你会把我想得好一点。毕竟我们都是人。”

“我不觉得自己是个人，我觉得我是畜生，是一头猪、一只兔子，或是狗。哦，我不怪你，我和你一样都不是什么好人。当时我顺从你只是因为我需要你，但那不是真正的我。我不是那个可憎可恨、卑鄙下流、像野兽似的女人。真正的我不是那样的人。我的丈夫尸骨未寒，你的妻子又对我那么好，说句不好听的，那个躺在床上和你淫乱的人，她绝不是我，她是藏在我身体里的野兽和恶魔。我憎恨她、鄙视她，还要摒弃她。每当我想起她，我都觉得她无比恶心，想要呕吐。”

他微微皱起了眉头，不知道她为何要这么说，接着心神不安地笑了一下。

“嗯，你算是个宽宏大量的人，但有时的你真让我感觉震惊。”

“对此我很抱歉。现在你可以走了吗？你是个一文不值的男人，再跟你一本正经地谈下去，我就真是个大傻瓜了。”

他没有马上回话，从他的蓝眼睛里看得出，他有些恼怒了。当他风度翩翩地送凯蒂离开码头后，一定会如释重负地长叹一口气。那时只得装作一副彬彬有礼的模样和她握手道别，祝她旅途愉快了，想到这些她就忍不住想笑。接着他的表情又有了变化。

“多萝西跟我说你怀孕了。”他说道。

她的脸一下子红了，所幸她还是保持住了身体的姿势。

“是的。”

“我可能是孩子的父亲吗？”

“不，不是。孩子的父亲是瓦尔特。”

她连忙极力否认，但是话出口后，连她都觉得有点欲盖弥彰。

“你确定吗？”他幸灾乐祸地笑起来，“想想看，你跟瓦尔特结婚两年，可是并没有怀孕。再根据日子推算，跟我们见面的时候倒是差不多，我觉得这孩子更像是我的，而不是瓦尔特的。”

“我宁愿去死也不想怀上你的孩子。”

“哦，你别说傻话。如果是我的孩子，我会非常开心，我倒希望是个女孩，你知道，我跟多萝西生的都是男孩。到底谁是孩子的父亲，很快就会水落石出，我的三个儿子都长得跟我像是一个模子里刻出来的。”

他的幽默风趣又都回来了。她明白他话里的意思：如果他是孩子的父亲，即便她这辈子再也见不到这个负心汉，但她还是不能和这个人毫无瓜葛，他对她的影响会一直若有若无地跟随着她。

“你确实是天底下最虚荣最卑鄙的小人。我一定是上辈子作

孽，才会倒霉碰见了你。”她说。

Chapter 78

轮船驶进了马赛港，凯蒂若有所思地眺望着岸边，迂回曲折的海岸线在阳光下显得光彩夺目。圣母玛利亚教堂附近的金色雕像突然映入凯蒂的眼帘，出海的水手把它当作平安的象征。她在湄潭府时修女们跟她说起过这尊雕像，她们和故乡永别时远远眺望的也是它，轮船渐行渐远，那高大的雕像化作蓝天中的一抹金色。她们离开时齐齐跪倒在甲板上，面对圣母的雕像默默地念起祷词，用来缓解离开家乡的痛苦。凯蒂闭上眼睛，向冥冥中的主宰祈福。

漫长而又平静的旅途中，她一直在思考着关于自己的那些可怕的事情。她还是无法理解自己，自己的所作所为完全是不可理解。到底是什么让她变得如此下贱，彻头彻尾地鄙视着查理却又投入了他龌龊的怀抱？她对自己无比恼怒，她那恶心的情欲让她自己几欲作呕。她不断地流泪，她觉得自己这辈子都不会忘记那种羞耻与愤怒。然而，随着船离香港越来越远，她发觉心中的怨恨之情渐渐变得淡薄。那件事好似发生在另一个世界，她原先好像是发了疯，如今已经恢复了理智，她依稀还记得自己丧失理智时的所作所为，并会为那份荒唐感到哀伤和羞耻。但那既然不是真正的她，所以还是有机会得到人们原谅的。凯蒂想，一个心胸宽大的人可能会怜悯她而不是谴责她。可是一想到她的自信心为此而悲哀地粉碎了，她又不禁叹了一口气。以前，她憧憬的道路是一条笔直的康庄大道，而现在她面前的小路变得崎岖曲折、陷阱密布。一望无际的印度洋和火红凄美的日落使她的心平复了下来。她好像正在朝另一个国度进发，在那里她可以自由地支配自己的灵魂。如果要赢回自尊非得经过什么残酷的斗争的话，如今的她已经做好了那些准备。

未来的日子将会艰难且孤立无援。船在塞得港靠岸时她收到了母亲给她回的信。信很长，用一种讲究的优美字体写成，这一写法是母亲年轻时代姑娘们必须掌握的。不过信中华丽的言辞与讲究的文法，不免让人觉得有些虚有其表。贾斯汀夫人对瓦尔特的去世表达了哀悼，对女儿的境遇深表同情。她忧心凯蒂的生活会遇到困难，不过殖民地当局会给她一笔抚恤金。她知道凯蒂即将回国并与自己团聚时，十分开心，还说她理应回来和父母一起住，一直到孩子出生再另作打算。之后是对凯蒂孕期注意事项的一番叮嘱，以及妹妹多丽丝生小孩时的情况。多丽丝的儿子生下来又胖又重，他的祖父称赞这孩子是他这辈子见过的最可爱的小孩儿。多丽丝如今又怀孕了，全家人都希望再生一个男孩儿，那样准男爵的爵位就更加万无一失了。

凯蒂看出信的主旨就是向她发出那个不得不发出的邀请。事实上，贾斯汀夫人不太愿意让经济拮据的寡妇女儿来拖累自己。她曾经把凯蒂视为掌上明珠，而今显然对她已经失望，不想再添

上这个负担。父母与孩子之间的关系是多么奇怪！孩子年幼时是父母的心头肉，有一点头疼脑热，父母就会忧心如焚。这时孩子们对父母也是无比依恋，崇拜热爱。十几年的光景，孩子们长大了，那些没有血缘关系的人更能给他幸福，也变得比父母重要许多。冷漠代替了原本盲目本能的爱，住在一起也成了烦躁的来源。以前只要十天半月不见便会无法忍受，如今即便是一别数年也不见得心中不安。她的母亲其实不必担心，凯蒂早就想好了，一有机会她就会尽快找地方安顿下来。不过怎么也得等上一段时间，未来还没有一点头绪。有可能她生产时就会难产而死呢！那倒一了百了了。

船再次靠岸后，她又收到了两封信。她惊奇地发现那封信竟是父亲写的，她记得父亲还从未给她写过信。那封信很普通，没有表现出过分的亲切，只以“亲爱的凯蒂”开头。他说他只是替凯蒂的母亲代写的，她身体欠佳，需要接受手术。凯蒂并没有产生紧张的情绪，依旧按照计划从海路上走，因为从陆路乘火车花费太多，再者如果母亲病倒了，她回哈林顿的公寓里也不方便。另一封信是多丽丝发来的，开头便是：凯蒂宝贝。倒不是因为她和凯蒂有多么亲密，而是她对哪个认识的人都如此称呼。

凯蒂宝贝：

我想父亲已经给你写了信。母亲必须动手术，她从去年开始好像就有些不舒服，不过你也知道她这个人总是讳疾忌医。

她总是在家吃一些成方，关于她的病情我也不是很清楚，她总是自己保守秘密，要是别人追问，她就会勃然大怒。她看起来十分虚弱，情况很不好，如果我是你，就会立即从马赛改乘火车，尽快赶回来。但请不要提起是我告诉你的这些情况，她病得很重，却还假装没有事，我不忍心让你见不到她最后一面。她已经强迫医生答应她，无论怎样一个星期过后把她送回家里。

最爱你的
多丽丝

对瓦尔特的死我深表遗憾。你一定过了一段受尽煎熬的日子，可怜的宝贝。我想立刻见到你。说起来非常有趣，我们要同时生小孩了，我们两姐妹会互相照顾，携手一起生活。

凯蒂来到甲板上站住，陷入了沉思。她没有想到妈妈真的会生病，印象中的她活跃而坚定，别人要是得了什么病，她会一百个不耐烦。这时一个船员走到了她跟前，递给她一封电报。

沉痛告知，于今晨你的母亲已去世。父亲。

Chapter 79

凯蒂走到了哈林顿公寓的家门口，按了门铃，开门的仆人跟她说，她的父亲现在正在书房里。凯蒂于是来到书房，轻轻地

推开了门。他正坐在壁炉边，读着一份前一日的晚报。凯蒂进来后，他抬起了头看见了女儿，马上把报纸撂到一旁，从座位上站了起来。

“哦，凯蒂，我以为你会搭下一班火车回来。”

“我觉得还是别麻烦您去接我，所以就没发电报告诉你们。”

此时父亲探出身子，伸出脸来让她去亲吻，这是父亲的习惯，她还记忆犹新。

“我看了两眼报纸，”他说道，“好几天都没读报纸了。”

凯蒂看得出来，他是觉得在这个时候还把心思埋在日常琐事上，总得给人一个理由。

“应该看看报纸，”她说道，“您一定累坏了，我想象得出，妈妈的死让您多么难过。”

离家多年，他比她上次见到他时，瘦多了，身体也单薄了不少，俨然成了一个瘦削干枯、动作呆滞的小男人。

“医生说你母亲住院时就没什么希望了。她不舒服有一年多了，不过她拒绝去看医生。医生对我说，她会经常遭受难熬的病痛，她能忍下来几乎是个奇迹。”

“她从来没给你们说过她哪里疼吗？”

“她只是说不是很舒服，但是从来不说痛。”他停了一下，看着凯蒂，“这么大老远回来，一定很累吧？”

“没有。”

“你想上楼去看看她吗？”

“她的遗体放在家里？”

“是的，他们把她从医院搬过来了。”

“好，我现在就去。”

“你想让我陪你上去吗？”

父亲的声调有些异样，她迅速地看了他一眼。他把脸扭向了一边，不愿意叫女儿看到他的眼睛。如今，凯蒂已经学会了揣摩别人的内心想法，毕竟，要从丈夫的只言片语或是细微动作里发现隐藏的含义本来就是很好的训练。她一下子明白了父亲想掩饰的是什么了，那是一种解脱，一种巨大的解脱，他还不愿意承认这一点。三十年来，他一直尽职尽责努力去做好丈夫的角色，面对妻子的蛮横无理、市侩虚荣，他一再忍耐，从来不去抗争；现在，妻子离开了，按照他循规蹈矩的性格，他理应表现得悲痛不已。可是，如今他的一个眼神或是一个不慎的细微动作表现出了一个鳏夫不应流露出的一种轻松，他一下子无法原谅这样的自己。

“不用，我想一个人去。”凯蒂说道。

她上了楼，走进了那个宽敞、阴冷的卧室，这一直是母亲的房间，她平时睡在这里，而今她的遗体也停放在这里。凯蒂清晰地记得那些红木家具，记得墙上镶嵌着的马库斯·斯通的浮雕。梳妆台的布局仍然保持着原貌，那是按照贾斯汀夫人生前的要求布置的，到现在都没变。但是，这房间里唯一不妥的就是摆满鲜花了，因为贾斯汀夫人生前一直确信在房间放鲜花是愚蠢的行为，只会不利于人的健康，让主人显得庸俗。此时，鲜花的花香也没法遮挡那股像刚洗过的亚麻布一样的刺鼻霉味。而这种气味是过去母亲房间里独有的。

贾斯汀夫人静静地躺在那儿，两只手在胸前温顺地交叠：活着时，她决不会允许自己摆出如此装模作样的姿态。她的脸颊因为病痛的折磨已经陷了下去，太阳穴那里也有个小凹陷，不过，她的脸依旧轮廓分明，她的容貌依旧显得清秀、端庄。死亡让她生前的刻薄表情消失了，于是，她残存的那一点点冷峻和威严，使她看上去有点像罗马女皇。凯蒂见过不少死人的尸体，唯有母亲的遗体还保留有活人的气色。事实上，她和母亲的感情并不深厚，母女之间过去常常互相伤害，因此，她们彼此也都有些寒心。回忆起年轻时代自己的结局，凯蒂明白那都是母亲一手造成的。这位曾经残酷冷漠、雄心万丈的女人如今只能安静地躺在这里，死亡让她的那些勃勃野心全部化为了泡影，想到这里，凯蒂不禁有些同情起她来。她这一辈子用尽心机去争名逐利，把心思全用在追求那些毫无价值的事物上了。如果泉下有知，她可能也会感觉后悔吧。

多丽丝走了进来。

“我以为你会搭下一班火车呢。你回来太好了。多么可怕啊！我们可怜的妈妈。”

她哭着扑入凯蒂的怀里。凯蒂吻着她。凯蒂知道母亲在世时由于偏心一直忽略多丽丝，对她十分刻薄，只是因为多丽丝天生平庸乏味。她怀疑多丽丝心里是否真的如她一样经受巨大的痛苦，不过多丽丝天性更加多愁善感倒是真的。凯蒂想要流出眼泪，因为如果她不哭出声来，多丽丝肯定会觉得她冷酷无情。因为经历了太多悲欢离合，凯蒂也不想伪装出痛苦的样子，那样根本没有必要。

“你要去看看父亲吗？”号啕大哭的多丽丝平静下来对凯蒂说道。

多丽丝擦着眼泪。凯蒂看着多丽丝，生过小孩后，她的五官变得不像年轻时那样轮廓分明，身穿黑色孝服的她显得俗气又臃肿。

“不，我还不想去。去了又要大哭一场。可怜的父亲，这事对他是个巨大的打击。”

凯蒂把妹妹送出门，接着回到书房去找父亲。他坐在壁炉旁，不再看报纸了。

“我还没有穿好就餐用的衣服呢，”他说，“我觉得这么做已经没什么必要了。”

Chapter 80

吃晚饭时，贾斯汀先生把妻子得病的经过给凯蒂讲了一遍，得知他的妻子过世，很多好心的朋友都寄来了吊唁信（他桌子上那一大摞信便是）。他在考虑如何一一回复，情不自禁地叹息了一声。接着，他又给凯蒂说了葬礼安排的一些事项。吃过饭，他跟凯蒂回到了书房，这是整栋公寓里唯一生火的房间。他顺手从壁炉架上拿起自己的烟斗，打算往里面装烟叶。但当他用询问的眼神望了一眼凯蒂后，又不自觉地把烟斗放下了。

“您不抽烟吗？”她问道。

“你的母亲不喜欢闻到我抽烟的气味，一战以后我就没再抽烟了。”

他的回答让凯蒂心头一酸。一个六十岁的老男人，想要在自己的书房抽烟都不可能，他的日子一直以来该是怎么过的呢？

“我挺喜欢烟斗发出的味道的。”她微笑着说。

他松了一口气，重新拿出烟斗，点着了。父母俩在炉火旁面对面坐着。他觉得有必要开导一下苦命的凯蒂。

“你收到了你母亲寄给你的信了吧？可怜的瓦尔特去世的消息让我和你母亲都很震惊。他是个很不错的小伙子。”

凯蒂不知道该如何回答。

“你的母亲说你也要当妈妈了。”

“是的。”

“大概会是什么时候？”

“大概还有四个月。”

“那会给你带来很大的安慰。你一定要看看多丽丝的儿子，那孩子长得非常可爱。”

几句话后，凯蒂发觉他们父女俩的心隔着很大的距离，这段距离比两个初识的陌生人之间的那段距离还要远。陌生人之间，还会对彼此产生好奇，而对于这父女两个人，过去的共同生活恰似一堵高墙一样把他们的心隔开了。她知道自己从前从未真心关心过父亲，也自然不可能要求他相信她，并真心爱她。他是家里地位最低的人，虽然负担着家里的全部开支，却由于收入不多无法给家人提供奢侈享受的生活而受到家庭成员的无理指责。她过去认为，他是父亲，爱女儿是天经地义的事。现在，她也几乎可以断定，在内心深处，父亲对自己这个女儿也没什么感情，尽管表面上看，他依旧像以往一样和蔼可亲。她自从经受那么多磨难后，内心已能敏感地感受到人与人感情背后的那层更本质的联系。他其实并不爱这个女儿，尽管他可能永远也不会承认，但这是事实。

他的烟斗好像堵住了，他就站起身来想找东西捅一下，好像借此，便能逃离某种面对女儿时的紧张感。

“你的母亲希望你能待在这儿，直到你把孩子生下来。她本来打算把你原来住的房间整理出来。”

“好的。我保证不会多添麻烦。”

“哦，别这么说。现在这种情况，我想你也没什么地方可去，也只能住在父母这里了。但是，事情最近起了变化，有个巴哈马殖民地法官的空缺，他们聘请了我，我已经答应了。”

“哦，父亲，这是好事。我真心为您高兴。”

“就是这几天的事，没有来得及告诉你母亲。要是她能知道就好了。”

真是造化弄人！贾斯汀夫人临死都没能知道自己费尽心机一

辈子都想实现的那个目标——虽然目标的标准降低了——终于实现了。

“下个月初我就要去那里就任了。到时，这栋房子我打算交给代理人去处理。我的意见是把家具也一起卖掉。我很抱歉，我不能让你住在这里了，不过要是你找到了新住处，需要什么家具尽管拿去吧，我希望能帮到你。”

她望着炉火，心跳一下子加快了，她不知怎的突然变得有些紧张起来。她逼自己开了口，声音有些颤抖。

“我能和您一起去吗，父亲？”

“你？哦，我亲爱的凯蒂。”他的脸色沉郁下来。她以前经常听到他的这句口头禅，现在，她第一次知道这句口头禅是随着一种表情说出来的。这让她吓了一跳。“但是你所有的朋友都在这里，多丽丝也在这里。我想你住在伦敦，自己也会更开心一些。你的经济状况我不是很清楚，但是我愿意为你付房租。”

“我的钱能满足自己的生活。”

“我去的是个陌生的地方。那里的状况我也不是很清楚。”

“我习惯到陌生的地方去了。伦敦对于现在的我没有任何意义，我不想待在这里。”

他闭上了双眼，她觉得他就要哭出来了。他脸上露出了凄苦的表情，她心中一阵难过。她没猜错，妻子的去世让他舒了一口气，现在，和过去痛苦的日子一刀两断的机会就出现在他面前，马上，他就能获得自由。他第一次看到未来的崭新生活。根据他此刻的表情，她似乎一下子明白了这三十年来的苦难生活给他带来了多少痛苦。最后，他睁开了眼，不由自主地叹了一口气。

“当然，如果你想一起去，我也会很开心。”

他只是稍作挣扎，又投了降。内心的责任感在他脑海占了上风。他活得真是可怜啊！她短短的几句话，瞬间就让他所有对未来的美好希望化为乌有。她从椅子上站起来，走到他的面前，跪下来握住了他的双手。

“不，父亲，除非您需要我，我才会去。您已经牺牲得够多了。如果您想一个人去，您就去吧，不用为我担心。”

他抽出了一只手，在女儿漂亮的头发上轻抚着。

“我当然希望你也能去，我亲爱的孩子。我是你的父亲，而你又是个无依无靠的寡妇。如果你想跟我一起去，而我却不带上你，那我就太不通情理了。”

“可是问题就在这儿，您并不欠我什么，反而是我一直没有孝敬过您，我欠您的情。”

“哦，我亲爱的孩子。”

“您谁都没亏欠，”她激动地重复了一遍，“我们一辈子都是靠您养活，可是却没给您任何回报，我觉得很惭愧。我们甚至都没有真心地爱过您。您的一生是痛苦的，我希望您能给我一个机会，弥补的机会。”

他微微皱了一下眉头。听到她这么跟自己说话，他显然有些不知所措。

“我不明白你为什么说这些话。我一直以来都没埋怨过谁。”

“哦，父亲，我经历了好多苦难，见到了太多不幸。如今，我已经不是当初离开家时的凯蒂了。我依然没什么出息，但是我绝不是当初那个卑劣无情的人了。您可以再给我一个机会爱您吗？现在这个世界上我没了其他亲人，我只有您。哦，父亲，我是那么孤独，那么不幸，我需要您真正的爱啊！”

她的脸贴在父亲的腿上，泪水不断地往外流。

“哦，我的凯蒂，我的小凯蒂。”他说道。

她抬起头来，用手臂搂住了他的脖子。

“哦，父亲；让我们疼爱彼此吧。以后我们相依为命。”

他吻了一下她的嘴唇，脸上也是老泪纵横。

“你当然要跟我去。”

“您需要我吗？您真的希望我去吗？”

“是的。”

“我对您无比地感激。”

“哦，我亲爱的，不要再跟我说这种话。那使我感到很难堪。”

他拿出手帕给她擦干了眼泪。他的脸上露出了微笑，那微笑她以前从未看到过。她再一次拥抱了父亲。

“我们将开始快乐的生活，亲爱的父亲。我们在一起一定会很有趣。”

“别忘了，你马上就要当妈妈了。”

“她将在一个有碧海蓝天的新世界里诞生，那使我感觉很快乐。”

“你已经知道了她是个女孩？”他微笑着问。

“我希望是个女孩，我会把她好好养大，使她不会再次犯我的错误。当我回想起我的年轻时代，我就非常后悔，但是，我不能改变过去。我要把女儿养大，她会成为一个自由和自立的人。我生下她，爱她，抚养她长大，不是为了让她将来找到一个养她的男人，这个男人不是因为喜欢和她睡觉才去娶她，才一辈子养着她。”

父亲听了她的话，身体一下子僵住了。他没听到过女儿讲这样的话，这些话他自己都没有想到过，他一下子感到非常震惊。

“父亲，我向您坦白，就这一次。我以前很傻，很卑鄙，还不招人喜爱，我已经得到了应有的惩罚。我决不会让我的女儿再像我这样。我希望她能勇敢，做个坦率的人，她要学会自制，不轻易依赖他人。我希望她做个自立、自由的人，能养活自己，不要跟我一样。”

“你怎么啦？我亲爱的，一个五十岁的人才会像你那么说话。你未来的路还长着呢，不要灰心。”

她摇了摇头，脸上逐渐露出微笑。

“我没有灰心。我满怀希望，也有足够的勇气。”

过去的一切都结束了，过去的就让它过去吧。未来是什么样子她不确定，将来会遇到什么事情，她也不能确定。可她已经在心里做好了准备，无论发生什么，她都会以乐观的态度去面对。

她想起了那座瘟疫肆虐的城市、瓦尔特、韦丁顿和那些无私的修女，从前的她那么不堪一击，一路走来，见了太多的不幸，尝了太多酸楚，如今的她已经学会了怜悯和慈悲。那或许是韦丁顿所说的“道”，或许是嬷嬷们孜孜以求的上帝的道路，不管那是什么，她都确定那就是她要找的路——通往内心安宁的路。